金卫其 ◎ 著

欸乃一声
三泖间

——清俞金鼎《泖水乡歌》解读

上海文艺出版社
Shanghai Literature & Art Publishing House

图书在版编目（ＣＩＰ）数据

欸乃一声三泖间：清俞金鼎《泖水乡歌》解读 / 金
卫其著 . -- 上海：上海文艺出版社，2023
（神农文化）
ISBN 978-7-5321-8924-3

Ⅰ . ①欸… Ⅱ . ①金… Ⅲ . ①散文集－中国－当代

Ⅳ . ① I267

中国国家版本馆 CIP 数据核字 (2024) 第 004137 号

发 行 人：毕　胜
策 划 人：杨　婷
责任编辑：李　平　程方洁　汤思怡　韩静雯
封面设计：悟阅文化
图文制作：悟阅文化

书　　名：欸乃一声三泖间：清俞金鼎《泖水乡歌》解读
作　　者：金卫其
出　　版：上海世纪出版集团　上海文艺出版社
地　　址：上海市闵行区号景路 159 弄 A 座 2 楼
发　　行：上海文艺出版社发行中心发行
　　　　　上海市闵行区号景路 159 弄 A 座 2 楼 206 室　　201101　www.ewen.co
印　　刷：成都市兴雅致印务有限责任公司
开　　本：880×1230　1/32
印　　张：85
字　　数：2125 千
印　　次：2024 年 1 月第 1 版　2024 年 1 月第 1 次印刷
Ｉ Ｓ Ｂ Ｎ：978-7-5321-8924-3
定　　价：398.00 元（全 10 册）

告读者：如发现本书有质量问题请与印刷厂质量科联系　T：028-83181689

引子

《泖水乡歌》是清光绪年间泖水诗人俞金鼎（蕴甫）在六十九岁时完稿的一部百首七绝诗集。

孙意诚《俞金鼎和〈泖水乡歌〉》记载：清光绪十八年（1892）夏天，俞金鼎坐船去嘉兴游南湖访旧友，一路观赏檇李亭等美景，当他看到朱彝尊（竹垞）《鸳鸯湖棹歌》诗集后，赞叹不已，深受启发……回乡后，俞金鼎思想触动很大，于是他提起笔来斟字酌句，在书斋红芙蕖馆中潜心创作。他选取搜集到的乡间掌故轶闻推敲文字，对《乐郊私语》的内容进行了扩充。一年后，他写成七绝120首，统称为"泖水"。

泖水诗搁就是十几年，直到1910年，他的朋友高廷梅（山亭）来新埭拜访，俞金鼎拿出诗稿让高廷梅审阅删定。高廷梅阅读后称诗稿内容翔实，文辞雅驯，颇为赞许。高廷梅将诗稿与新埭地区关系不密切或者没有关系的全部删去，最后剩下100首，定名《泖水乡歌》。

《浉水乡歌》诗集一面世，便得到了当时文坛名人的高度评价。柯汝霖的儿子柯培鼎说："我读俞金鼎的诗歌，溯其渊源，每件事情的发生、发展都有其来由，并非偶然。"陆邦燮说："《浉水乡歌》这部诗作，对于我们浉水流域历史上的人物事迹、制度沿革等，搜集完备，没有遗漏。不仅是在浉河之滨游览、垂钓的人，读这本诗作就像数点家藏的珍宝那样清楚。就是居住在大城市的才智杰出的学者、年高博学的文士同样会有此感觉。我们可以将这部诗作当作《地理志》阅读，也可以当作《风土记》阅读，岂止仅仅着眼于欣赏诗中所描写的景物啊。"而后他又说，"先生身为浉水之人，歌咏浉水之事。心系家乡，把热爱家乡的情感都寄托在诗歌上，的确感到既亲切又有意味。"所以《浉水乡歌》是新埠的一部乡史歌。

　　新埠因为有了俞金鼎《浉水乡歌》这一珍贵的文化遗产，而星光璀璨名扬八方。如今，《欸乃一声三浉间——清俞金鼎〈浉水乡歌〉解读》一书的问世，更是能让后人全面认识古代的浉水地理，了解千年浉水源远流长的历史与人文。

　　读有所思，思有所进。励精图治，继往开来。乘风破浪，扬帆远航。

清宣统版《泖水乡歌》

目 录 / CONTENTS

（一）

曲曲清流弓样弯，
秋山曾唱棹歌来。
挈舟欲到新溪去，
欸乃一声三泖间。

新埭镇，在平湖城北三十里，亦名新溪。陆秋山先生诗有"带水新溪曲似弓"之句。

浙江北大门

"江南好，风景旧曾谙。日出江花红胜火，春来江水绿如蓝。能不忆江南？"这是一千一百多年前唐代大诗人白居易赞美江南美景的不朽诗句。新埭镇历来土地肥沃、民风淳朴，人文底蕴深厚，是一个典型的江南水乡古镇，曾是著名的"浙北粮仓"和"鱼米之乡"。如今，它距平湖城区 18.5公里，是浙江的北大门，接轨上海的第一站。

旧埭与新埭

旧埭与新埭是相对而言的。旧埭形成较新埭早。旧埭，原名旧带、陆家带，明清时期，是陆氏聚居之地。据考证，旧埭形成较早，约在 13 世纪后半叶，所谓陆淞入居（1483），逐渐成市。之后,旧埭成为陆氏的居住地,子孙繁衍,兴旺腾达。据《平湖县志》记载,"明东滨公讳淞,石溪公讳杰,稚石公讳光弼,云台公讳光宅,三宅屋宇数千间",其中还有"宝纶堂""天心书院""来鹤楼"等。这么大规模的房屋和书院,反映了当时旧埭的繁华和陆氏家族的兴旺,而耕读传家,诗书礼仪,更能体现陆氏家族对当地社会的影响和贡献。旧埭的集市就在陆氏的聚居地逐渐形成,也是当时平湖境内较大的集市之一。

新埭老街

新埭老街东西走向,狭长、古朴幽静,从青阳汇到新埭中学,全程长约有 3 公里。光滑的石板路,幽幽的晨光,袅

新埭老街

袅的炊烟……

在 20 世纪 80 年代初，小镇上居民悠闲的生活方式是令人向往的，最吸引人的还是老街两边琳琅满目的百货商店，以及各种散发出诱人香味的风味小吃。

"枯藤老树昏鸦，小桥流水人家……"新埭古镇依水成街、沿水筑屋、家家临水、户户通舟。高高的马头墙，雕刻精致的仪门，连升三级的门蹬，雕有如意的落水瓦……这些美妙的自然景观都是古镇所特有的。

然而，斗转星移，时光荏苒。新埭老街仿佛是一个耄耋老人，正用它那残存的一切向后人诉说着曾经有过的繁荣。与南北相隔几百米的两条繁华的新街相比，新埭老街显然已经没有了从前的兴旺。老街已经逐渐在行走中消逝。

一门三代四尚书

旧埭陆氏在明清曾有辉煌的时期，出现了十多位进士，其中，四位为尚书，人称"一门三代四尚书"。在江南一带名震一时，他们分别为——

陆淞（1466—1524），字文东，号东滨，弘治己酉年（1489）解元，庚戌三年（1490）进士，官礼部主事、郎中、光禄寺正卿。赠都察院副都御史，加赠刑部尚书。著有《东滨逸稿》《东滨集》。

陆杰（1488—1554），字元望，号石泾，淞长子。明正德八年（1513）举人，翌年进士。官兵部主事、员外郎中、湖广参议、陕西副使、工部右侍郎、都察院右副都御史，赠工部尚书，著有《石泾集》。

陆杲（1506—1578），字元晋，号胥峰，淞四子。嘉靖十七年（1538）经魁，嘉靖二十年（1541）进士。历任刑部云南司主事，封礼部祠祭司郎中，赠刑部尚书。倡建平湖报本塔及新埭蕴真塔。为陆氏后裔撰《陆氏家训》。

陆光祖（1521—1597），字与绳，号五台，别号小峰，杲长子。嘉靖十七年（1538）举人。嘉靖二十六年（1547）进士。官北直浚县知县、礼部主事、工部右侍郎、吏部尚书，赠太子太保，谥庄简。《明史》有传。著有《庄简文集》。

旧埭被毁

明代嘉靖年间，平湖一带常有倭寇入侵，他们烧杀抢掠，无恶不作，一些大户人家及其建筑也纷纷被毁坏。陆家埭就在遭受多次洗掠后，于明嘉靖三十二年（1553）被倭寇彻底烧毁。之后，旧埭便成为一片废墟。清里人陆增在《鹦鹉湖棹歌》中有诗云："尚书旧第宝纶堂，家塾天心三宅旁。广厦惜遭兵燹后，颓垣蔓草顾荒凉。"

旧埭被烧毁后，陆氏后人再东移一公里重建陆家埭，即后来的新埭。所以，当地百姓就有先有旧埭后有新埭之说。

《嘉兴城镇志》载："新埭原称旧埭（旧带），明嘉靖三十二年（1553）为倭寇焚毁，后东移一公里重建市镇，遂称新埭（新带）。"

新埭兴起

明《平湖县志》都会篇云："……在今则新带为最，朝来质剂，霞拥云奔，衽帷汗雨，曾不容刀，此又一都会也。"新埭集镇的兴起，有赖于江南小城镇兴起的大背景。在资本主

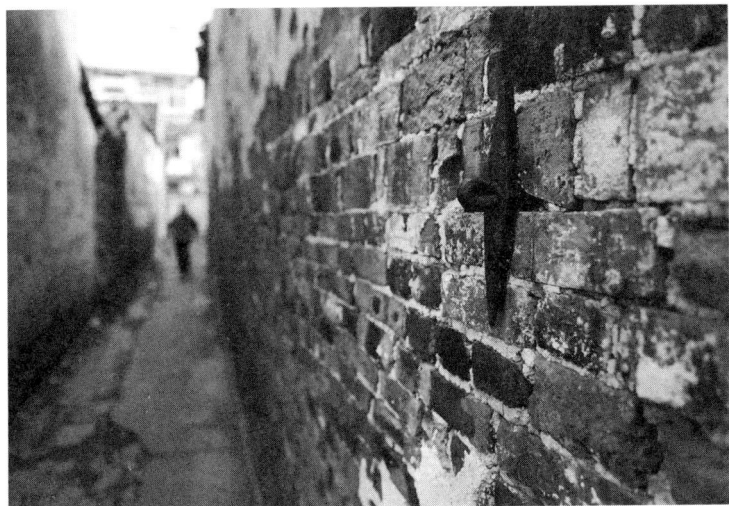

集镇弄堂

义萌芽时期，商品交易增多，手工业初步繁荣，促使了江南小城镇的发展。且明朝有大批北方移民进入江南，也促进了人口的集聚。

明中叶以后，新埭成为商业重镇，据清《平湖县志》记载："饶鱼米花布之属，徽商麇至，贯锱纷贸，出纳雄盛。"特别是清中期，新埭有东市、西市、中市、花街、上塘、下塘，已成为浙北商业繁华重镇。

新埭老街至清末，已有绸庄、酱园、药铺、茶楼、典当、碾米厂、油车坊、糕店等各色店铺。大户人家有俞家、徐家、陆家等。排门严整，店铺林立，绵延数里，煞是热闹。近代工业兴起，工商联动，进一步促进了集市的发展。

陆秋山其人

陆增（？—1833后），字嵩岳，号秋山，一号松堂，又号鸭船，别署冰壶道人，浙江平湖新溪（今新埭）人，寓居浙江秀水闻川（今嘉兴王江泾）。清诗人、书画家。工诗词，善书画，亦精医。曾客阮元积吉斋，得交诸前辈，其学益进。画山水极苍老，然不多作。曾游荆、楚、闽、越诸胜地，视野益广。与邹霞轩、杨莲塘等友人结诗社，吟咏不辍。有《鸭船吟草》《绿蕉词》《鹦鹉湖棹歌百咏》一卷、《闽游纪略》《瘟疫新编》。见《墨林今话》卷十八，《清画家诗史》庚上，《清代画史增编》卷三十四，《清代画史补录》卷四，《中国近现代人物名号大辞典》，《清人诗文集总目提要》卷三十八，《当湖历代画人传》。

三泖

三泖在历史上是指今松江、青浦、金山至浙江平湖间相连的大湖荡。据南宋绍熙《云间志》记载："古泖县西四十里，周围四顷三十九亩，今泖西北抵山泾，南自泖桥，出东南至广陈，又东至当湖，又东至瀚海塘而止。朱伯原《续吴郡图经》曰：泖在华亭境；泖有上、中、下之名；泖之狭者，犹且八十丈。又按海盐之芦沥浦，海盐，即武原也，行二百余里，南至于浙江，疑此即谷水故道。《水经》以为入海，而此浦入江，盖支派之异也。今俗传近山泾为下泖，近泖桥为上泖，或者其与陆士衡、朱伯原言合。按县图，又以近山泾，泖益圆，曰圆泖；近泖桥，泖益阔，曰大泖；自泖而上，索绕百余里，曰长泖；此三泖之也。"泖河虽随地、形而名称不同，但实为一水。流经今金山、平湖之间的，因形如长带，故名长泖，因其位处上游，故又称上泖；古时长泖索绕百余里，后逐渐淤涨成泖田，至清代只剩阔如支渠的水流；流经今松江、金山之间的，水面宽阔，称为大泖，因其位处中游，故又称中泖，历史上早已淤塞，全部围垦为荡田，亦称泖田；流经松江、青浦之间的呈圆形，称为圆泖，因位处下游，又称下泖，经历代疏浚，才得以保存至今，是古泖湖仅存的部分，今称泖河。圆泖周约20里，上起青浦小蒸，下至古浦、斜塘，成了一条较宽的河流，全长4.6公里，河面最阔处达700米，分南北两航道，中间淤积成陆，围圩耕种，地名"小独圩"，目前仍在涨滩。圆泖湖中有一小洲，至今还耸立着一座秀丽的五层方形宝塔，俗称泖塔（现属青浦县）。据记载，该塔为唐乾符年间（874—879）福田寺僧如海所建。

新埭古镇

（二）

壤接金山水一方，
泖湖遍野课农桑。
灌田自有潮来去，
潦旱无忧十四坊。

泖湖十四坊，为新东、新西、旧埭、大乘、大茅、祇园、戈张、南巷、泖口、传子、南张兜、北张兜、时村、大村，俱通潮汐。

泖湖

新埭地处江南水乡，地势低洼，拥有许多湖荡汊港，纵有浦，横有塘，还有港、泾、荡、浜、漾、溇等水体形态密集分布于内。古时候，太湖水横流，到春秋战国，"三江既出，太湖底定"，太湖水通过三江流到大海。三江者，北为娄江（流经昆山一带），中为吴淞江（即现在的苏州河），南为东江（流经嘉兴平湖一带），新埭是东江流经的地域（现今娄江、东江皆已不存）。到唐朝时，太湖平原下沉，东江水流不到大海，于是出现三泖，泖水分三段，分别为大泖、圆泖和长泖。明初开挖黄浦江，才真正解决水害。明人在《东南水利议》记载："东南民命，悬于水利，水利要害制于三江。"泖湖自当湖始至吴淞江有近200里水系，一千多年来，泖水贯穿新埭，成为新埭的"母亲河"，泖水一日二潮，均沾利泽以资灌溉。

明清两代，民间为了方便行走和确保低洼田地的丰收，又筑起了许多堰坝，并多次对堰坝进行修补，以确保正常的农业生产。《海盐县图经》记载，明宣德五年（1430）析平湖县，华亭乡（今新埭）有堰20条。横桥堰水利工程是清代嘉兴地区最大的水利枢纽工程之一，历经二百多年，耗费巨大，屡建屡毁。从乾隆年间到晚清时期，横桥堰曾经历十多次水利工程建设，在泄洪、防涝、灌溉等方面起到了巨大的作用，也是新埭水利史上较有代表性的水利工程。

泖水

（三）

大茅塘即大芒塘，
一水衰延卅里长。
北望云间山色近，
由来江浙此分疆。

大茅塘，在新溪北四里，旧志作大芒塘。北即江苏界。

华亭古镇

元朝时，新埭属华亭乡，到了明朝时期新埭得到飞速发展；有了"江南十八镇，就有新埭一个镇；东乡十八镇，不及新埭一个镇"之说。

新埭镇东濒上海塘，西邻嘉善县大通乡，南接钟埭街道，北靠大茅塘，与上海市金山区交界。百米宽的上海塘紧靠其旁，平兴公路穿境而过，水陆交通便利。新埭镇境内水网密布，水资源丰富，是典型的江南水乡。

云间

云间是松江府的别称。在上海松江县一带。因西晋文学家陆云（字士龙，家在松江府治所在地华亭）对客自称"云间陆士龙"而得名。

宋《云间志》云："华亭管十三乡……云间乡，县东南一百里，四保，十村，管里四：招贤，白苧，云间，小平。"据传，陆云到京城洛阳，遇见洛阳名士荀鸣鹤，彼此互通姓名。荀说："我是日下荀鸣鹤。"陆说："我是云间陆士龙。""日下"是太阳之下，即皇帝直接统治之下，可以作为首都的代称；而"云间"只是取"云从龙"之义，不可能用作地名。后来云间成为松江的别称。比如"云间九峰""云间第一楼""云间三子""别云间"。通常用于文学上较多。

松江是元朝才用的地名，元以前只是一条河名，即今之吴淞江。《后汉书·左慈传》中称为"吴之松江"，苏东坡《后赤壁赋》中说"巨口细鳞，状如松江之鲈"都是指今天的苏州河上游，都不是地名。从秦汉到元代，松江这块地名为"华亭"，它还是海边一个小驿站，供过路的旅客歇宿之处，"五里一短亭，十里一长亭"故名为"华亭"。今天上海周围还有"安亭""仪亭""亭林"，凡是地名带"亭"字者，都是古代的驿站。元代以后。"松江"成为府名。"华亭"成为县名，隶属于"松江府"。一府领七县，松江府城内，南半为华亭县，北半为娄县。

云间，云中的妙曼之地，而岁月沧桑，华亭县此后在数千年变迁中，逐渐演变为华亭府、松江府，直至今天的松江区。一些文人名士记载松江府掌故、人物、史地的著作，往往在书名中含有"云间"两字，如明代范濂的《云间据目抄》李绍文的《云间杂识》、周绍节的《云间往哲录》等。"云间"不仅成了松江特有的文化和历史，甚至还被人泛指成为整个上海的代称。

（四）

泱泱巨浸浪翻空，
泖水人家芦获中。
今日桑田昔沧海，
长流变作亩西东。

长泖，在新溪东六里，昔为巨浸。乾隆时渐淤塞，今则水涯尽变田畴矣。

泖

泖的解释为水面平静的小湖。

《康熙字典》巳集上，水字部载，泖者，《广韵》《集韵》莫饱切，音卯。水名。在吴华亭县有圆泖、大泖、长泖，共三泖。亦作茆。《春渚记闻》陆鲁望赋吴中事云：三泖凉波鱼蕰动，五茸春草雉媒娇。注称江左人目水之淳渟不湍者为泖。又《集韵》力九切，音柳。水貌。

泖河

亦称泖湖，为古时谷水的一部分。谷水又称长谷、谷泖。朱伯原《吴郡图经续记》载："泖在华亭境，有上、中、下之名。"清乾隆版《青浦县志》载："今俗传三泾，泖益圆，曰圆泖；近泖桥，泖益阔，曰大泖；自泖桥而上，萦绕百余里，曰长泖。"清光绪版《平湖县志》载："东泖，在县东北三十里，与江南华亭接界。"

《名胜志》云："长泖即谷泖，在当湖东北，为三泖之上流。各地志皆以谷水为泖源，引据纠葛，略举辨之。"

《水经注》引陆道瞻《吴地记》云："谷水出吴小湖，径由拳故城下。"《神异传》曰："由拳，秦长水县，始皇时陷为谷，因目曰长水城，水曰谷水。谷水又东南流径嘉兴城西，又东南径盐官故城南。"此以嘉兴谷水为泖之源也。

据《吴地记》云："海盐东北二百里有长谷水。陆逊、陆凯居此。"又载："汉庐江太守陆康与袁术有隙，使从子（即侄）逊与其子续将家迁居，居于长谷。"《寰宇记》云："华亭谷水下通松江。"《祥符图经》云："谷泖南出泖桥，东南至广陈，又西至当湖，又东南至捍海塘而止。"此以华亭谷水为泖之源也。

考邑汇水甚多，何得独指长水为源？至华亭谷水，乃东泖下流，指以为源，尤属谬误。《海盐图经》又以芦沥浦南入浙江者为谷水，更与泖搭不上边，风马牛不相及。

陆机对晋武帝云："三泖冬温夏凉，谷水在其北；章练、小蒸、大蒸、白牛诸塘在其西；莳澳、走马诸塘在其东；泖桥之外，横绝东渚者，秀州塘也。"与今之地形颇合，然系华亭之泖，与邑泖无关。唯府《柳志》曰："当湖，乃泖之所自出"语最分明。

泖河隶属长泖，历史悠久、闻名遐迩。泖河十层素谷、万顷碧漪、温润似玉、水清如镜、冬暖夏凉、形势佳胜。

明《王志》王彦淳记："天目西来之水潴于当湖，复东北百里入于华亭三泖，大江之南水派之长无逾此者矣。其自当湖而注三泖也，中间四十里而近先经长泖，长泖者三泖之首，界乎华亭平湖间，亦巨浸也，南则当湖，西则伍子塘、魏塘之水会于太宰陆光祖公别业右，东流与长泖合。太宰公指示曰：此水月湾也，子盍为我记之。"

泖上

泖上，四季景色绝美，别具情致，自古为游览胜地。自晋代始，唐宋日益旺盛，历代著名诗人、文学家、书画家皆慕名来游，如唐代陆龟蒙，宋代宋庠，元代杨维桢、倪瓒，明代顾清、董其昌、陈继儒等文人墨客流连忘返，思念历史风物，深怀乡土情感，吟诗作词作画，直抒胸臆，赞叹不绝，留下篇篇诗文词曲美图。

宋朝林景熙诗曰："泖口乘寒浪，湖心散积愁。菰蒲疑海接，凫雁与天浮。泽国无三伏，风帆又一州。平生漫为客，奇绝在兹游。"

元朝杨维桢诗曰："天环泖东水如雪，十里竹西歌吹回。莲叶筒深香雾卷，桃花扇小彩云开。九朵芙蓉当面起，一双鸂鶒对人来。老夫于此兴不浅，玉笛横吹鹦浪来。"

陈继儒渡泖诗曰："秋老江苹漾久空，萧萧枫叶挂疏红。那知三泖清秋思，偏寄芦花一寺中。泖上定波叠乱沙，寺门桥断半蒹葭。何从一借风帆力，醉挟飞鸥拍浪花。斜阳约略水西头，余景还能上竹楼，天际蘼芜半中绿，钓蓑归处起双鸥。"

另外，还有大量有关泖上美景的诗文散见地方方志刊本，或流传民间。

泖口

泖口位于当湖东北三十华里许，是浙沪之界线，属长泖、东泖、横泖汇集之处，弥弥洋洋，不舍昼夜。因其地理位置特殊，又处于长泖之口，故名为泖口，俗称"龙头"，又名顾书堵。

古诗云："十里长泖多绿洲，泖甸耕夫牛作舟。妇幼送饭芦滩喊，遥见老牛泅水来。"三泖风光最佳处在今泖河中大、小泖合流处，即"三泖并一泖"的泖口，这一带河清水秀，绿波涟漪，轻舟荡漾，风光旖旎。

据史料记载，从吴王阖闾十年（前505）起，伍子胥就在泖湖地区倡导修筑浦塘，疏导泖湖之水，接通青龙江入海，并围圩造田、扩种水稻、养蚕植桑，使人民过上了安定富足的生活。淳朴的地方风情，经久不衰的耕读传家之风，适宜的人居环境，使泖口从此成为历代文人雅士修身立说的上等之地。

文人墨客、名人雅士、家族祠堂、风景名胜，天长日久，形成了厚重而丰润的泖水文化，源远流长，根深枝茂。

泖口

航拍泖河村

（五）

西望新溪石径通，
坊名记取是新东。
戚家村外青阳汇，
片片蒲帆趁顺风。

青阳汇在新东坊，南北通津也。戚家村，在东太平桥北。今村落无存，惟东市犹有戚姓者。

青阳

青阳是古人创造的对春季的别称。

春阳即指春天，《尔雅·释天》中提道："春为青阳。"郭璞对此注解："气青而温阳。"而在孟浩然的《岁暮归南山》中也用道："白发催年老，青阳逼岁初。"春天阳光温和明媚，这或是春天又被称为春阳的一个原因。

《尸子·仁意》："春为青阳，夏为朱明。"《汉书·礼乐志》："青阳开动，根荄以遂。"唐潘孟阳《元日和布泽》诗："青阳初应律，苍玉正临轩。"明何景明《发京邑》诗之三："青阳蔼废墟，春气感鸣禽。"郭沫若《叹逝》诗："可是恨冬日要别离？可是恨青阳久不至？"

明堂名。明堂有五室，位于左面东方的叫青阳，为帝王祭祀、布政之所。《资治通鉴·齐武帝永明十年》："己未，魏主宗祀显祖于明堂以配上帝，遂登灵台以观云物，降居青阳左个，布政事。"胡三省注引郑氏曰："青阳左个，大寝东堂北偏。"

犹清扬，谓眉目清秀。《韩诗外传》卷一："孔子曰：'夫《诗》不云乎：野有蔓草，零露漙兮。有美一人，青阳宛兮。'"汉应玚《神女赋》："腾玄眸而眳青阳，离朱脣而耀双辅。"

青春年少的面容。唐李贺《赠陈商》诗："黄昏访我来，苦节青阳皱。"姚文燮注："苦节自矢，虽春姿亦为之枯槁也。"

古代春天郊祀歌名。《史记·乐书》："常有流星经于词坛上，使僮男僮女七十人俱歌。春歌《青阳》，夏歌《朱明》。"三国魏阮籍《乐论》："自西陵《青阳》之乐，皆取之于竹。"《乐府诗集·郊庙歌辞三·北齐明堂乐歌十》："《青阳》奏，发《朱明》。"

传说中黄帝二十五子之一，与夷鼓同为己姓。《国语·晋语四》："黄帝之子二十五人。其同姓者，二人而已，唯青阳与夷鼓，皆为己姓。"韦昭注："青阳，金天氏帝少皞。"

（六）

钟溪一棹趁潮来，
三里塘西旧堰开。
木板小桥都入画，
夕阳叱犊牧童回。

三里塘西，善庆庵后，旧有堰。光绪十九年（1893），凿堰建木桥，钟溪之水，直达三里塘矣。

三里塘

三里塘也称新溪，后称新埭市河。在明嘉靖以前，三里塘两岸以粮田和杂地为主，河岸荒凉，偶有贫苦农民散居，并还有一些破旧的庙宇。随着新埭集镇的逐步兴起，三里塘两岸面貌很快被改变。

新埭古镇的前身为陆家埭，也称旧埭，俗称埭上，是陆氏大户建造的相连住宅和商业建筑。当年，陆家埭店铺林立，市场繁荣。

明嘉靖三十二年（1553），倭寇烧毁了陆家埭。之后，东移一公里，在三里塘东段重建陆家埭，即新埭集镇。集镇依水而建，交通便利。

钟溪

据《嘉兴县志》记载:"相传五代吴越(907—978)时,有钟氏族居此,故名钟溪,又名钟埭。"宋元明清时,为嘉兴县的四大镇之一。1958年划归平湖县,1985年实行镇管村体制。

钟埭老街东西走向,长约4里,基本仍为旧石板路,南侧临钟溪,有许多小河流入钟溪,街上有石桥与之相连,老街两侧临街房昔时都为商铺。纵横交叉的弄堂形成了曲径通幽的格局,街北侧有成片的清末民初的民居,白墙黑瓦,小桥流水,具有典型的江南水乡风貌。

钟溪和石溪、戈溪、灵溪之水,受胥浦感潮不大,夜间虽有水位落差,但白天多平潮状态,水流平稳,极宜坐船闲游。曾有不少文人备船或雇船往返于石牌泾至新溪(新埭)或石牌泾至钟溪(钟埭)之间。乡村虽无城池之华、市廛之繁,但风物郁勃,生机盎然,水乡的秀丽景色沁人心脾,在文人的眼里更有着看不够的斑斓,抒不尽的情怀。从石牌泾石溪桥口出发,经卖盐港,往南拐西,过大乘寺(位于今平湖辖区,早废)、芦泾桥、双石桥(今惠民街道大通村双溪集镇)等到钟溪,行船悠荡在曲折蜿蜒的小河中。过了小桥又一个村庄,两岸的翠竹、树荫、农作物以及灰瓦白墙,样式各异的农家居舍和炊烟,恰似一幅水乡画长卷,尽收眼帘。

（七）

横桥西畔接斜桥，
桥圮曾留堰两条。
贤宰后先兴水利，
筑桥通过浦江潮。

横桥、斜桥，皆近厍港，久圮成堰。乾隆乙巳（五十年·1785）王邑尊恒、同治丁卯（六年·1867）邢邑尊守道，先后凿堰建桥，潮流畅达。

按：同治六年，知县为郭悖典，邢守道为同治八年（1869）任平湖知县（见光绪版《平湖县志》卷十职官）。

横桥

横桥南北跨于南厍港之上，西有斜桥旧址，东为溪洋港，南有合和浜等。在清代以前，南厍港较为宽大，水流湍急，是新埭以西之水泄流的最大通道，也是平湖至黄浦江的主要航道。进入清代中期，厍港渐显狭窄，现船已难行，且古横桥久圮，但人们为了过行，在原处建造了木桥。横桥何时圮毁，无处考证。20世纪70年代，横桥改建为宽2米的水泥拱桥，其名为虹桥，潮流畅达。

《重建横桥碑记》

横桥重建于清乾隆五十年（1785）。清光绪《平湖县志》记载："横桥。久圮，土人筑堰塞之。乾隆乙巳，大旱，知县王恒凿堰鼎建平桥。丁未，松所盐商方瑞登等奉盐道卢崧饬，改建三洞环桥，桥东设建石闸一座，募夫二名，专司启闭。"知县王恒《重建横桥碑记》：

邑东四十里曰厍港，迤南北为戈溪、大乘两坊，东通松之泖湖，西达邑之马浦，湖汐往来，得地利，占形胜，跨水为横桥，其来旧矣。岁癸卯，桥以久而圮，乡之愚，取便行人，聚土为堰，虽潮汐不至而雨旸以时，亦未告病。越二年乙巳四月，余来承乏，适遇亢阳，远近支河莫不焦涸。六月既望，坊之耆老环吁请开。余驰诣览观，揆形度势，有必不可断遏者，亟为决放，严禁阻挠，水得大来，田无孔暵，在一邑之内既获有秋，而演漾余波北至苏州，西渐省会，不第同郡各邑之均为沾溉泖之利益，大矣哉。惟时桥不能遽营，因为设船济渡，而有关盐运，遂起建闸之议，工多费巨，鹾使者以商资无出寝焉，既思旧贯可仍，何必改作，爰以设渡之每岁捐钱三万六千，为之倡率，而乡人顾禹清、芮广忠等乐为劝助，于次年丙午兴工，鼎建三洞石版平桥，中星广一丈四尺，两次星各一丈，朝潮夕汐，疏畅通流，越今年戊申四月告成，共糜钱二十万有奇，旧观复还，工坚于昔，此非藉众姓之勇于为义乎！余何力之有焉？而所以记于石者，欲后之人晓然于堰不可筑，桥必时修也。其司事及两坊捐输姓名钱数并勒于阴，垂诸久远。

斜桥

斜桥俗称东斜桥。南北跨于斜港之上，西即石人汇，东有马浦塘、古横桥旧址。新中国成立初期，东斜桥还存在，较大，为三星木桥；后来，日益破旧，不能使用。20世纪60年代拆除，然后东移300米左右，也就是在斜港东口建造平板水泥桥。

《开斜桥堰碑记》

清光绪《平湖县志》记载：斜桥。横桥西。同治癸酉，知县邢守道捐建。署知府宗源瀚《开斜桥堰碑记》：

同治十二年（1873），岁在癸酉夏，禾郡不雨者两月，田间桔槔声沸昼夜，支河尽涸，漕渠断流，守令日事祈祷罔济，有为救旱之策者曰："仰吁于天，不若俯察于地，其惟通泖水乎。泖居黄浦上游，浦潮入泖，泖入内河，长输远委，昔人谓通横桥堰可灌七邑，兼及邻郡是也。"源瀚乃于闰六月，偕平湖县诣勘，横桥直西数里之斜桥有堰，犹之横桥也，泖水挟泥沙而来，至港辄止，愈前愈壅，凡冒暑，两易舴艋，仍徒行，始达堰所，附近生者踵至，出示乾隆丙午开横桥堰碑文，遂定计，于七月朔日，兴工奋锸甫施，潮已直趋而过。初三至初五，数日间郡河水骤涨尺余。向之东流者，至是皆西路堰既除，复造木桥以通往来，捐资者平湖县知县邢守道，督工者职员俞文镜、廪贡生王家梓也。源瀚按嘉善、枫泾虽通泖，然由枫泾过西塘则直达吴江，入苏境，平湖之曹家港、溪塘大河亦通泖，然偏于县东地势隆阜，不似西流之迅驶，是以乾隆、嘉庆以来，为平湖、为旁邑救旱，皆于横桥一带施工。泖滨之人不私其利，且欣然为董厥成，可知平湖人士之贤。夫泖口淤塞，占河面大半，旱无以纳，即潦无以泄，遇涨。禾西诸县水之旭泖者为壅沙所遏，平湖且先膺其害，比奉大府檄，谋疏浚，图百世之利，是尤平湖人士所宜距跃俟之者也。爱记颠末，以谂方来。

（八）

永阜环桥百尺高，
秋来桥下卷银涛。
成巢共盼双飞燕，
话到登科意兴豪。

永阜桥，俗称高桥，在新埭中市真武宫前，桥上燕子来巢，里人以为登科之兆。

永阜桥

永阜桥俗名高桥，已毁。原址在工农水泥桥西 8 米处。南北通向，跨于新埭集镇市河之上。东有东太平桥，西原有万福桥，桥北早先有朱王庙（真武宫，也称祖师庙），桥南有龙王庙。

永阜桥为单孔石拱桥。全长 35 米，宽 3.5 米，高 8 米，两端各有 38 级台阶，是新埭集镇最高、最漂亮的桥梁。桥上常有燕子做巢，里人以为是登科之兆。

永阜桥建造于明天启七年（1627），在桥上可以登高远眺，美丽景色尽收眼底，有一种空旷、气顺的感觉。民国二十四年（1935），新埭人自己组织的一次游泳比赛，就以这高桥作为自然跳水台。这可能也称得上新埭的一绝吧。经过几百年的风风雨雨，逐渐破旧。20 世纪 70 年代，自然坍塌而拆除。

（九）

东市梢头泛小艭，
太平桥下水淙淙。
潮来直向市西去，
潮落仍归黄浦江。

东太平桥，俗称东栅桥，在新堖东市。

东太平桥

东太平桥俗称东栅桥。位于新堖集镇东市。南北跨于新堖市河之上。东是青阳汇，南是酒厂供电所，西是新堖集镇，北为粮仓。此桥建造于明天启年间，是单孔石板桥，较高，长30米，宽2.5米，中间由四块大石板平铺而成，两边各有数步石级，桥基较大，为块石砌就。新中国成立后，保存较好，一直是新堖东市南北交通要道。后来，为了方便轮船行驶，对该桥进行加高改造。

黄浦江

黄浦江，长江汇入东海之前的最后一条支流，也是上海市最大的河流。主要发源于上海市青浦区朱家角镇淀峰的淀山湖，流经青浦、松江、奉贤、闵行、徐汇、黄浦、虹口、杨浦、浦东新区、宝山等区，至吴淞口注入长江。全长约113公里，流域面积约2.4万平方公里，河宽300至770米。

黄浦江位处长江三角洲前端，水势平缓，深受潮汐影响，进潮最大流速可达每秒2米，退潮最大流速为每秒1.8米。

历史上第一次出现"黄浦"名称是在南宋乾道七年（1171），时称"黄浦塘"，是吴淞江的一条支流。至南宋淳祐十年（1250），在西林积善寺碑记中，才正式有"黄浦"之名。到了元代因河道渐宽，因而有"大黄浦"之称。明初，吴淞江下游淤塞严重。户部尚书夏原吉奏请疏浚改造大黄浦，凿宽近旁范家浜，形成黄浦水系。河身数次疏浚，大黄浦河面不断开阔，后名黄浦江，代替吴淞江成为太湖水系入海干流。

（十）

石阑干影压溪斜，
鸿义桥名说管家。
西市行来桥第一，
绿阴深处尽桑麻。

鸿义桥，俗称西栅桥，在新埭西市，又名管家桥。

鸿义桥

鸿义桥俗称西栅桥，又名管家桥，已毁。原址位于新埭集镇西市，南北跨于三里塘（市河）之上，东有万寿桥，西原有城隍庙。

鸿义桥为平板古石桥，建于明朝天启年间，全长25米，宽3米，高4.5米。桥面是四块较长的天岗石平铺而成，两端各有台阶18级，两边设有条石桥栏，两边各有桥联。1959年7月自然坍塌。之后，全部拆除。

（十一）

市南水栅接平畴，

百级丹梯在上头。

有客凌云怀壮志，

青云桥畔独勾留。

青云桥，俗称南栅桥，在永阜桥南。

青云桥

青云桥俗称南栅桥，位于新埭集镇南市，东西通向，横跨于落北港南端的南栅港，东为鸟船汇，西是南栅街，北有源合桥。

青云桥为三孔石拱桥，建造于清乾隆三年（1738），乾隆三十三年（1768）开工重建，乾隆三十五年（1770）建成。全长34.6米，宽3.4米，高6.24米，中孔矢高4.8米，中孔跨径8.1米，两边小孔矢高2.4米，跨径4.8米，两端石级34步，都是采用花岗岩精砌而成。桥顶中央平铺的花岗岩有1.24米见方，且雕刻"双龙抢珠"精美图案。桥面条石作栏，桥中栏石上刻着"青云桥""乾隆戊子仲秋月重建，乾隆庚寅清和月戈溪信士戈瀚敬捨"铭文。中孔与小孔之间的石柱上端原先各雕一对相视的石狮，现已被毁，石柱上刻有桥联，南侧东联："据北泖之上流环达南郊秀气，接东湖之正脉鼎兴西浙文水澜。"南侧西联："晚凝净漾辉丹凤，暮蘸清漪浴朝阳。"北侧东联"斡旋斗柄抢首善以提瑶，象合奎堰握中权而运轴。"北侧西"端阳□□□□□，荣光联络宝珠□。"

南栅桥曾经历过多次战火，咸丰三年（1853），太平军进驻新溪和灵溪石庄一带。清军获悉后，企图经青云桥去戈溪（今秀溪）时，被镇东平家浜乡绅方八（今方伯儒之"祖辈"，现住上海）组织人员在该桥西堍35级石阶上自上而下铺满稻柴杂树，破旧家具、门板等易燃木料，浇上柴油点火焚烧，以阻止清军南进去路。故今还能清楚看到桥西所有石级被烈火焚烧所留下的龟裂痕。

1998年2月5日，青云桥被平湖市人民政府列入重点保护文物单位。

青云桥

青云桥雪景

（十二）

> 细流落北港分支，
> 北太平桥浅水湄。
> 闻说纤痕在磐石，
> 巨船行过是何时？

北太平桥，俗称北栅桥。跨落北港，相传昔时港阔流急，大艑牵拽而过，桥石犹有纤痕。

北太平桥

北太平桥位于新埭集镇中市北侧，古时水下有水栅，俗称北栅桥，东西通向，横跨于落北港北段。现东西连接新街，南有源会桥，北有玉龙桥。

北太平桥为单孔石拱桥，建成于清乾隆三十年（1765），属古代石桥中建造工艺较为先进、较精致的石桥，既具实用性，又具观赏性。全长29.3米，宽3.4米，高6.55米，拱矢高4.45米，孔跨径9米，两端各有石级29步，桥额刻有"太平桥"三字，整座桥梁采用花岗条石精砌而成。桥顶中央用一块1.45米见方的紫青花岗岩平铺，上面雕有六叶旋风"争龙珠"图案，桥身两侧各有两对盛开荷花式样的遮联石，遮联石下刻着对联。南侧桥联："衍南北之长流，前接双溪后五龙"；"连东西为一脉，左萦方玉右圆珠"。北侧桥联：

"人钟题柱前程远，家益平川利济长。"西端桥墩设有 0.75 米拉纤走道。以前，落北港河面宽阔，水流湍急过往船只很多，逆流而行必须拉纤，所以，时间一长，桥石上留下了一条很深的纤痕。桥边两侧有精制的护栏石，桥顶护栏石上雕有四只石狮，一度曾毁，后修复。

1998 年 2 月 5 日，北太平桥被平湖市人民政府列入重点保护文物单位。

北太平桥

（十三）

双桥遥对跨晴虹，

万寿桥西万福东。

试上蔡家桥上望，

启元端的在当中。

万寿桥，俗称虹桥，在同善堂前。万福桥，俗称罗家桥，在永阜桥西。启元桥，在两桥之间，俗称蔡家桥。

万寿桥

万寿桥俗名虹桥。南北跨于三里塘（市河）之上，原址在新埭集镇西市的港南（今新埭镇中心小学），港北是西大街，东有启元桥，西为鸿义桥。

万寿桥与启元桥相仿，也为普通石板桥。全长 30 米，宽 3 米，高 4.5 米。桥面是四块较长的天岗石平铺而成，两端各有台阶 18 级，两边设有条石桥栏，桥额雕刻"乾隆伍年重建万寿桥"九字，两边各有桥联。

万寿桥始建时间较早，清乾隆五年（1740）重建。1997年 5 月拆除，后东移近百米改建为较大的现代公路桥，桥上标有"虹桥"两字，北桥堍较长设有立交，下通西大街。

万福桥

万福桥俗名罗家桥，已毁。原址位于新埭集镇中市的西大街与南大街之间，南北通向，跨于三里塘（市河）之上，南为港南街，北是西大街，东原有永阜桥，西原有启元桥。此桥为普通石板桥，建造于清乾隆二年（1737），全长30米，宽3米，高4.5米，桥面是四块较长的天岗石平铺而成，两端各有台阶18级，两边设有条石桥栏，桥额上雕刻"重建万福桥"五字。两边分别有桥联，东联："东去渡头分泖秀，西来溪中接瑶光。"西联："两岸孕丈不断节，四郊云路道中连。"新中国成立初期，此桥保存完好。1996年拆除，只存北桥堍石阶。

启元桥

启元桥俗名蔡家桥，已毁。原址位于万福桥和万寿桥之间，南北通向。跨于三里塘（市河）之上，是连接市河南北两街的桥梁之一。

启元桥与万福桥相仿，也为石板桥，桥面是四块较长的天岗石平铺而成，两端各有台阶18级，全长30米，宽3米，高4.5米，西边设有条石桥栏，桥额上雕刻"重建启元桥"五字，两边各有桥联。启元桥建造年代与万福桥为同一时代，清光绪十二年（1886）重建。1996年拆除，只存北桥堍石阶。

万福桥

（十四）

鱼虾蔬果竞肩挑，
尽日喧阗源会桥。
东市吃茶西市酒，
往来估客踏虹腰。

源会桥，俗称包家桥，在新埭中市。东为新东坊，西为新西坊。市集喧嚣，贸易者摩肩接踵。

源会桥

源会桥俗称包家桥。位于新埭集镇中市，东西通向，横跨于落北港南口，南有市河，东西联市，北有太平桥。

源会桥，初建于清乾隆五十五年（1790），道光庚子年（1840）重建，民国二十四年（1935）再次改建。为平板石桥全长15米，桥面用条石板铺就，宽3米，两边条石作护栏，桥面略高街面，是连接新东坊和新西坊街市的主道，也是新埭古镇最热闹的地方。

新中国成立初期，源会桥南移6米，改建为水泥平板桥，桥面加宽至6.5米，两边筑有水泥护栏。

（十五）

东西低跨聚源桥，
前后新街接市嚣。
桥下于今堆瓦砾，
从前小港也通潮。

聚源桥，俗称小桥，在新街西。桥下旧有小港，今淤。

聚源桥

聚源桥俗名小桥，已毁。原址位于新埭集镇混堂浜，东西横跨，东为前新街和后新街，西接西大街，是新埭古镇连接西大街的必经桥梁。

聚源桥为平板单孔石桥。桥面由四块天岗石铺就，两端各有 4 级台阶，长 6 米，宽 2.5 米，略高于街面。聚源桥建造年份不详，在混堂浜填平以后拆毁。现在，还可以清楚地看到填混堂浜的凹陷，成为一条弄堂，而聚源桥也无踪迹，成了街道。

砖桥

（十六）

三官塘口小舟停，
石板长桥驾五星。
莫笑船须牵岸上，
大艑曾过绿杨汀。

三官塘桥，在青阳汇北，桥长有五门，今惟一门可通小舟。相传昔年水深塘阔，巨舟往来。

三官塘桥

三官桥也名三官塘桥，位于泖口 13 组与杨庄浜村交界处，南北走向，跨于三官塘河（现称后市河）之上，桥南是曹家滩，桥北为淡家漏。

三官桥是典型的古代石板桥，桥身较长，共有五孔，长 40 多米，宽 3 米，两边有石栏，桥埫石级 32 步，是当地南北通向的主要桥梁。新中国成立后，三官桥保存完好。1977年，疏浚后市河时拆毁，改建为水泥拱桥。

三官桥的传说

传说清朝乾隆年间，乾隆得一贵子，其生母奶不肯吮吸。宫中无数奶妈，小太子也都不肯吮吸。乾隆奇之，就占卜问巫师。巫师说："太子要吸江南奶妈的甩肩奶。"乾隆就派巡吏到江南来给小太子找甩肩奶的奶妈。

一天，一巡吏来到平湖城北一个叫新埭的集镇上。在茶馆里打听到东北方向三里内，在一条东西方向河面宽阔的河上，有一对年轻夫妇在那里摇渡船，那女子的乳房大得出奇，刚好在哺乳一个未满半岁的幼子。巡吏打听到这一消息，如获至宝，一直往东北方向寻去。当巡吏在白浪翻卷的河面上，看到真有一年轻女子手摇木橹载着一船乘客在摇渡船，巡吏暗暗欢喜："这定是巫师所说的甩肩奶了！"便把此事禀报皇上，皇上派下钦差大臣，要把这女子接到宫里去当小太子的奶妈，问这女子有何要求。女子说："我有三个请求，第一，我的儿子尚幼小，不能离开我，但皇上圣旨不得不服从，只企求能容我儿随我一起入宫。第二，我丈夫陆三官，我俩生活虽然清苦，但从未有过争吵，两人相依为命倒也满足，恳求皇上开恩，让我丈夫也同去京城一起生活。第三，我走后，这里来往行人众多，本没桥又没了渡船，行人很不方便，请皇上在这儿搭座小桥。"后来，皇上都照她所说的一一办到，并为了让后人知道三官夫妇顺从入宫，纪念他们为民着想，所以把所造的桥命名为"三官桥"，后来这条河就叫作三官塘河。

（十七）

石溪桥畔树青青，

水满横塘月满汀。

两岸柳丝牵不住，

轻舟已过石牌泾。

石溪桥，在新溪西六里石牌泾。

石溪

石牌泾古称石溪，在惠民街道大通村，西起白水塘三星桥西侧港口，东至大通集镇石溪桥，全长 2100 米，平均宽度 18 米。

石溪东延至平湖新埭直长一条港，根据不同的地域文化内涵，在石溪桥以东今平湖新埭辖区的河段还分称为戈溪和灵溪。包括石溪在内，历史上称华亭（新埭旧称）三溪，是旧时从新埭到郡城（嘉兴）舟楫往来最便捷的通道之一。

由于石牌泾所处的地域以前同属平湖县新埭辖区，于 1950 年划归嘉善县，时属大通乡大通村。因此有关石牌泾在历史上发生的一切，在县内记载甚少。明天启《平湖县志》载："尚义坊奉敕为义民陆宗秀立，在石牌泾。"石溪丰富的人文积淀源自当时富豪陆氏人家的赈灾义举，而陆氏人家的宗系又和今惠民街道曙光村陆庄有着深厚的历史渊源。

石溪原是陆氏的祖居之地。东汉末年，江南陆氏始祖，颍川（今河南许昌）太守陆闳避居洄河凤凰基（今新埭陆家栅）以后，传枝接脉，续下陆氏香火，其子孙遍及洄水流域（包括今惠民大部分地区）。枫泾塘附近的丽字圩（今惠民街道曙光村）很早就有江南望族陆氏庄园，为陆闳子孙的聚居地。

清代文人陆增有诗曰："故居千古尚可知，斯土相传东汉时。甘露瑞征贤太守，至今犹号凤凰基。"

（十八）

马家桥畔绿成蹊，
旧埭偏居新埭西。
埭上昔年成市集，
而今村落树云齐。

马家桥，在圆珠圩西。前明桥西有小市，名埭上。倭寇
蹂躏，市集为墟。厥后新埭成市，此地乃名旧埭。

马家桥

马家桥位于旧埭村，东有袁家坟、后市河，西有东祠堂
浜，南即三里塘，北有荷花浜，与张旺坟相距不远。清光绪
《平湖县志》有载："马家桥。新埭镇西北一里张旺坟前。"

马家桥为三孔平板桥，东西走向，跨于马家塘之上，宽
约3米，长30米，两边各有14级台阶，属古代常见的平板
石桥。建造时间无考。1973年11月，在开掘战斗河时拆毁，
拆下后的石板用作建造机埠。

（十九）

俞氏东浜一水清，
泖湖灵秀兆科名。
祖孙递捷南宫榜，
常德潜山著政声。

东俞家浜，在新溪东。予家九湖公讳南金，官常德知府。紫林公讳乔桂，官潜山知县。俱名进士，卓著政声。

俞南金

俞南金，生卒年不详，字国良，浙江嘉兴府平湖新埭人，明朝政治人物，官常德知府。

浙江乡试第二十八名举人。嘉靖四十一年（1562）中式壬戌科二甲第八十名进士。曾祖俞宗；祖父俞璁；父俞怀，场大使。前母陈氏；蒋氏。

俞乔桂

俞乔桂（1591—？）字元芳，号紫林、治书，辛卯生，浙江新埭人。明朝政治人物、进士出身。天启二年（1622）壬戌科殿试金榜，俞乔桂中三甲进士，官潜山知县。

（二十）

东南一水泛轻波，
溪上人家半姓戈。
西北村庄是厍港，
炊烟起处柳阴多。

戈家溪，在新溪南三里，戈氏世居于此。戈韫石先生撰
《北溪志》有"北溪八景"。厍港在戈家溪西北。

戈氏

戈氏出自夏朝戈国，以国为姓。宋高宗时，名象隽者随
帝护驾至江南。明洪武十一年（1388），一支自南京辗转至本
地北溪定居，后子孙繁衍众多，遂称戈溪，今属牌楼村。

北溪戈氏明代就出人才，清代则学有成就，著述丰富。

戈定远：字尚武，号修庵。明永乐年间贡生，选河南道
御史，官至云南按察副使。戈永泰：字来阳，号晴寰。万历
十七年（1589）进士，官至南刑部郎中，著有《晴寰文集》
《适适轩诗集》。

戈定：字长发。诸生，早年丧父，举清康熙五十四年
（1715）乡饮宾，乐善好施。著有《戈溪训言》。

戈守智：字达夫，号汉溪，奏勋子。年十九补博士子弟
员。工书，兼善吟咏，为平湖陆南香等前辈所赏识，才名四

方。乾隆二十二年（1757），帝南巡，平湖贡士三人，一兼葭张云锦、二清溪沈初、三即戈守智。守智时因患足疾乃放弃召试，士林为之可惜。守智乃遍游名山，北至扬子江，南至荆襄，所至名士皆倒屣而访，积蓄遂丰。年少时即著有《汉溪书法通解》，金陵书肆视其为珍宝，可与当时热销的高士奇《江村消夏录》相比。年六十七尚在应试诸生，后为学使所赏识，但也只以白发止以诸生。著有《汉溪偕存集》《邗江杂咏》《入楚吟》《紫琅小草》。《汉溪书法通解》入《四库全书目录》。

戈志熙：字虞三。善诗，为乡先辈所赏识，诗作清新雅练，有宋人风格。自负才气，为诗不拾人牙慧，人皆以狂生视之。著有《东海酒徒外集》《管窥草》。

戈韫如

戈韫如，字韫石，号润辉，清乾隆诸生，平湖新溪（今新埭镇）人，其祖父戈宏地，父锡爵，号卧庐，魏塘小泉居士；戈氏世居于此。韫如生于清代乾隆嘉庆年间，具体生卒年月不详。其先世戈徵士于明洪武年间（1388）由南直迁此，子孙繁衍，诗礼传家，素以风雅著称，如：戈龙村撰《垂裕堂集》，戈晴裹撰《适适轩集》，戈伯林撰《汲右堂集》，戈翔千撰《咄咄怪山房集》等。韫如为徵士十七世孙，幼聪慧，曾为国子监生，专学工诗，与同邑胡昌基友善，相知二十余年，情同手足。他尽毕生之力，编成《续携李诗系》四十二卷。韫如为之多方奔走，搜集资料，出力甚多。

韫如曾编纂《北溪志》有北溪八景，此书载于民国年间《平湖县续志》，但只是稿本，未刊行，久已失传。他还著

《适我庐诗钞》三卷（刊本），有嘉庆九年（1804）刊本，卷首有胡昌基、武原徐熊飞（浙江武康人，嘉庆九年举人，客居乍浦）、海盐朱方增序。徐氏对韫如诗评价甚高："君诗天机清妙盎然，以性情流露而又冲融蕴藉，不为孤峭刻语，乐中老辈不能或之先也。"《适我庐诗钞》于抗战前为平湖葛工守先阁收藏，惜已毁于战火。韫如还编有《新溪诗存》四卷，辑录清初至嘉庆一百数十年间新埭地区众多诗人的作品，对于人品高尚而其名不显者尤为注意，唯恐遗漏。每一作者均有小传，力求存真求实，其编选之谨严，受到了当时士林称赞。可惜因年代久远，沧桑变迁，至抗战前《诗存》已失传。

（二十一）

烟冲港水碧生鳞，
废垒倾颓洗劫尘。
父老闲谈争战苦，
泥城头外跃濠人。

烟冲港，在新溪西。同治壬戌（元年·1862），新东坊方德宗跃濠攻贼，中弹死此。今土垒已圮，濠沟可辨，人呼为泥城头。

烟冲港

烟冲港位于原三六村（现并入旧埭村）东部，南北走向，长约二里。在烟冲港东岸，曾有一座用泥土筑成的堡垒，外有壕沟。倾颓后，常有狗獾出没，当地人称狗獾坟。

清咸丰十年（1860）四月，太平军攻克嘉兴，随即攻克平湖，尔后占领新埭。据光绪版《平湖县志》记载："十一月二十五日，贼（太平军）掠新埭。先是，新埭自平邑失守，士豪方八、马全等集团勇固守，声势甚壮，避难者称乐土焉。是日，嘉善贼马步七八千人奄至，先有一贼建大旗于高桥，贼之大队遂自西而东。……贼据镇数日，昼则剽掠数里外，夜则断桥扼水而守之。及走，镇上庐舍被焚殆尽。"但去后不久，又多次光顾新埭。

太平军为了长期占领新埭，并巩固这块地盘，便留下一支军队驻扎在烟冲港，并在当地招募士兵，很多烟冲港居民也加入其中。同时在烟冲港东岸建造据点，挖战壕，筑泥城，凭借地理优势，与清军争战达两年半之久。清朝政府为了剿灭太平军，一方面依靠正规军队，另一方面在各地组建民团，日夜训练，以正规军和地方武装两股力量，与太平军作战。同治元年（1862），新埭民团由新东坊居民方德宗率领，攻打泥城头。方年少气盛，跃过战壕奋勇杀敌，不幸中弹身亡。

随着岁月的推移，当年的泥城头渐渐倾颓。20世纪50年代末，由于修筑灌溉渠道，泥城头被夷为平地。除了水渠外，都被平整为粮田。

（二十二）

笑问渔翁何处居，

鸟船汇上是吾庐。

两行载得鸬鹚鸟，

嘴曲如钩善摸鱼。

鸟船汇，在新溪东南。渔家畜鸟捕鱼，其鸟黑色，嘴曲如钩，俗呼摸鱼公，实鸬鹚也。

鸟船汇

鸟船汇在新埠市河南岸，南栅港东侧，一个小小的村落，又名摸鸟圩，现属新埠社区第8居民小组。

鸟船汇多数为张姓人家，世代以捕鱼为业。他们捕鱼的方式与众不同，不是用渔网、钓钩或其他渔具，而是用鸬鹚来捕鱼。有的养有十几只，有的有二十来只。

鸬鹚捕鱼的场面甚为壮观。几条小船布满河道，渔民们的吆喝声和"咚咚"的响声混杂在一起。几十只鸬鹚在水中钻上钻下，原来平静的河面霎时浪花四溅，像开水沸腾。河里的鱼儿上天无路，入地无门，大部分成为鸬鹚们的猎物。

鸟船汇渔民用鸬鹚捕鱼始于何时？无文字资料可查。根据当地老渔民口述推算，大概在清同治、光绪年间，距今已有一百多年的历史。

改革开放后，鸟船汇的渔民渐渐歇业、改行。他们的后代也不再从事这个行业。原来小小的村落也失去了原有的特色，渐渐融入周边环境。企业、商铺、住宅房已将鸟船汇与外界连成一体。

鸬鹚鸟

鸬鹚鸟体形比鸭子大，比鹅小。全身乌黑发亮，两眼炯炯有神，长长的嘴巴顶端似钩；又名鱼鹰，乡间俗称为摸鱼公、捉鱼鸟。休息时，鸬鹚便站在小渔船船舷上，头朝里，尾巴向外。有的将头伸进翅膀，似乎在打盹；有的拍拍翅膀，打个哈欠，一副懒洋洋的样子。一旦进入捕鱼状态，这些鸟便变得身手矫健，勇猛异常。

捕鱼时，渔民们穿了雨裤，站在小船里，每船一人，几条船并排前行。小船轻巧灵活，行船速度很快。渔民一边撑篙，一边发出"噢噢"的吆喝声；并踩动船上的一块木板，发出"咚咚咚"的响声。鸬鹚们便争先恐后，与小船一起前行。这些鸟儿此时大显身手，时而潜入水中，时而浮出水面。出水时，嘴里便衔了一条活蹦乱跳的鲜鱼，当然也并非每次都有收获。渔民用竹篙将鸬鹚接入船中，取出嘴巴里的鱼后，鸬鹚又开始新一轮的工作。

（二十三）

年年谷雨牡丹辰，
载酒寻芳绿水滨。
直到毛家浜里去，
百余花赏玉楼春。

毛家浜，在新溪东二里。有牡丹一本，花开多至百余朵，种名"玉楼春"。相传此花已二百余年矣。

天下牡丹两棵半

新埭有一句古话："天下牡丹两棵半，一棵在新埭，一棵在洛阳，半棵在乍浦。"意思是说，天下有名气的牡丹只有两棵半，新埭牡丹是牡丹花中的老大，洛阳牡丹是老二，乍浦牡丹是老三。虽然这句话说得有点夸张，但是也有一定的历史事实依据。

词牌"玉楼春"

玉楼春：词牌名。词谱谓五代后蜀顾敻词起句有"月照玉楼春漏促""柳映玉楼春欲晚"句；欧阳炯起句有"日照玉楼花似锦""春早玉楼烟雨夜"句，因取以调名（或加字令）亦称《木兰花》《春晓曲》《西湖曲》《惜春容》《归朝欢令》

《呈纤手》《归风便》《东邻妙》《梦乡亲》《续渔歌》等。双调五十六字，前后阕格式相同，各三仄韵，一韵到底。

牡丹玉楼春

牡丹玉楼春是我国传统的江南牡丹。八百多年前南宋诗人范成大（苏州人，南宋考宋乾道九年任桂林静江知府兼广南西路经略安抚使）曾作诗《玉楼春·牡丹》："云横水绕芳尘陌，一万重花春拍拍。蓝桥他路不崎岖，醉舞狂歌容倦客。真番解悟人倾国，知是紫云谁敢觅。满眼桃李不能言，分讨仙家君莫惜。"说明在南宋之前，玉楼春的声望就相当高。玉楼春台阁型，重瓣摺绉状，花粉色外圈色淡基部紫色。

古牡丹是华夏文化的历史见证。据文献记载及实地考察，

新埭牡丹花

现存古牡丹有 20 余种，散布于内蒙古、山西、河北、甘肃、河南、山东、安徽，江苏、上海、浙江、广东等地。

江南地区栽培牡丹始于唐代，宋代牡丹品种群初见雏形。据仲休《越中牡丹花品》，越之好尚维牡丹，其色丽者 32 种；李英《吴中花品》记牡丹品名 42 种；《丘志》所记 39 个品种中，7 个为中原、蜀地牡丹谱录所未载。清·计楠《牡丹谱》收集品种 103 种。可见，古代江南牡丹品种已较丰富。现江南地区的古牡丹主要集中分布在上海、杭州、盐城等地。

新埭牡丹

靠近新埭镇青阳汇北面（杨庄浜村 5 组）毛家浜的毛云海家曾有一丛世传木本古牡丹玉楼春，多少年来，堪称"牡丹之王"，闻名遐迩。

新埭牡丹玉楼春叶绿碧翠，茎枝繁茂，花大盈碟，花色粉红，艳丽缤纷，与其他品种相比此为珍品，是牡丹中的上乘。据 1990 年版《嘉兴城镇》记载，此花曾一度为举国闻名的"珍宝"。每年春分一到，"玉楼春"开始放青，新叶含苞，郁郁葱葱，充满了春天的气息。谷雨时节，玉楼春含香吐艳，数百朵花争相开艳，最大的花朵直径达 20 多厘米，阳光下五彩缤纷、鲜艳夺目。

明天启《平湖县志》记载："牡丹来自中州，名目甚繁，本地所产者惟玉楼春、小桃红而已。"据毛云海叙述，古本牡丹玉楼春系毛氏先人毛广种植，历经沧桑，屡遭劫难，多少次战火中逃生，多少次劫难中逢春。抗日战争时期，日军扫荡进村，举刀欲砍牡丹玉楼春，家人急中生智，将家中老母鸡扔到田间，引开日军，幸免于难。"文革"期间，牡丹玉楼春被视为"四旧",几被斩草除根,毛氏家人以身护花,才使这丛稀世之花又一次绝处逢生。

毛广,字惟勤,晚号方溪隐吏,平湖县新溪人,明成化庚子(1480)举人,甲辰(1484)进士,授刑部贵州司主事。弘治十二年(1499)因忤太监韦泰,被诬陷下狱,举朝皆知,无敢言者。至武宗朝才获释昭雪,擢升湖广副使,并赐第宪台坊(今毛家浜)。毛因年老力衰,引疾告归故里时,曾从北京极乐寺移归牡丹玉楼春一本,栽植于毛府后花园内。数百年来,几度沧桑,当年的宪台坊府第已荡然无存,唯余这本牡丹玉楼春存留世间,历经多次兵燹,均幸运而存。

新埭牡丹玉楼春久负盛名,花盛时期,各地赏花人络绎不绝。早在明清时期就有不少文人墨客前去赏花。清光绪年间,平湖籍横州知府高廷梅、新埭举人陆帮燮与秀才俞金鼎、柯培鼎相邀前去赏花,写下了赞美的诗篇。

1946年,上海某新闻社组织人员专程来新埭,为牡丹玉楼春拍摄了纪录片。1982年,洛阳牡丹研究所和洛阳园林管理处,曾慕名两度派员千里迢迢前来毛家浜,鉴赏和查询这本全国唯一的古本牡丹玉楼春,还送来了二本牡丹名种"洛阳红"。1993年2月,牡丹玉楼春还被中国科学院植物研究所编入《中国古花木》丛书之中。

20世纪80年代中期,雍容华贵的牡丹玉楼春名声越传越广,每年花期前去赏花的人也越来越多,为了更好地保护牡丹玉楼春,在其周围用水泥和砖砌起了圆形花坛。由于管理人员缺乏科学管理知识,不出数月,一棵历经四百多年的牡丹玉楼春就香消玉殒。

乍浦牡丹

新埭木本牡丹玉楼春异地逢春。光绪三年（1877），乍浦有个制作棉被的手艺人吴阿华（1877—1936），每年都应邀到毛氏家中加工棉被，因弹工讲究，手艺出众，深受主人毛坤元的赞誉，他知吴阿华也喜爱栽培花卉，就分了一株牡丹玉楼春幼苗赠予。吴阿华移归后，就栽植在乍浦镇西大街64号自家的庭园里。百余年来，已传至第四代。

1997年10月，玉楼春牡丹已被平湖市人民政府列为"名贵古花木"予以重点保护。每年谷雨前夕，牡丹盛开，枝繁叶茂，挂蕾累累，达50余朵，花千叶，起楼，呈水粉色，娇艳妩媚，鲜丽夺目。

逸闻轶事

1978年春，评弹名家胡天如正在浙江平湖新埭镇说书，弟子贾从如跟在身边。这一天正是谷雨，两人听说这里东郊有一毛姓人家种有一株古老的紫牡丹，已经有几百年历史了。

胡天如知道，世界上大红、粉红的牡丹不稀奇，只有姚黄魏紫才是珍品。他们决定趁谷雨这个时节前去见识见识。胡天如又喊上周、史两个美女同行。四个人一路上谈谈说说，颇不寂寞。

东郊毛家，离市镇有三四里地。前几天下过雨，乡村的机耕路泞滑不堪。大家走在田野上，春光宜人，空气清新，虽然脚下一步一滑，也别有情趣。

到了毛家，果然看到一丛牡丹，四周护以竹篱，叶颇茂盛，独无花苞，殊觉扫兴。胡天如说："怎么这棵牡丹连花苞也没有一个呢？奇怪。"

正在此时，毛家的屋门打开了，走出来的是毛家的老妇。她认识镇上的说书先生："胡先生怎么到这里来？"

胡天如说："我们慕名来看牡丹的，怎么花苞都没有一个？"

毛妪说："胡先生请进去坐歇。"

胡天如、贾从如和周、史四人进了毛家客堂，坐了下来。

毛妪说："胡先生，不瞒你说，这棵牡丹啊，有些年头了，是祖传下来的。日本人来的时候，曾被火烧过，还有当地的权贵人家想要霸占。'文革'后，这棵牡丹就慢慢死了。1976 年，根部透出一枝，可谓绝处逢生。今年开了很多花，都被村里的顽皮孩子偷偷采了，看看只剩一朵花了，我们生怕都被采光，就采下来插在花瓶里了。"

"胡先生，你们特地为看花而来，我就抱出来给大家看看。"

胡天如在《牡丹》一文中写道："余瞻仰良久，花大似碗，色紫瓣密，昂首挺拔，端庄艳丽。真世间罕见，硕果仅存者也。"

这一见，可谓不虚此行。大家满意而归。胡天如回到新埭客寓，挥笔作《牡丹图》一幅，并题一律如下：

当湖西去新埭东，此地尚余劫火红；瑶砌几番沈风雨，玉楼此度醉春风。毛村花木留唐本，金带风流想魏公；最是清和时令节，香到指头破费工。

乍浦牡丹花

（二十四）

西长浜接沈塘村，
红板桥头白板门。
时展三馀图一幅，
桑麻鸡犬古风存。

　　西长浜，在新溪西北四里。村中黄氏，余舅氏家也，旧藏外祖学樵公《三馀图》一帧。沈塘村在其东。

黄氏

　　据《元和姓纂》记载，黄姓为陆终之后，其后建立黄国，后被楚所灭，子孙以国为氏。据《"金平湖"下的世家大族》载，黄氏由安徽进入平湖经商，属徽商代表，黄瀛兄弟六人在平湖开典当行，家巨富。

　　新埭北堰村黄氏居北堰村西长浜（原属新华村，今属泖河村）。据该后裔所述，始迁祖系明代时一武将，带兵剿匪途经本地，见这里泖水丰沛，土地肥沃宜于耕作，民风淳朴，勤于耕织宜于久居，故将家眷安置于北堰村后带兵前往，后战死于前方（按：此说如属实，则恐即为嘉靖年间乍浦倭寇侵扰之战事，由北方调兵往南至乍浦，故途经北堰村）。后子孙后裔四向迁徙，一路向东至泖口定居，一路向西至西长浜，又从西长浜迁徙至黄家谷（属金山县）、大通村（属嘉善县）。

《三馀图》

　　《三馀图》系明代西长浜黄氏俞金鼎的曾祖父学樵公珍藏的一幅名画，画中展现西长浜、沈塘村农家桑麻、鸡犬村落等风貌美景，是一幅名家手笔的名贵画卷。昔时，每年梅雨季节，炎夏酷暑时节，黄氏族人便将此画晾晒后收藏保管，今已失传。

（二十五）

沄沄碧水鹤喈泾，
清唳声从月下听。
二陆当年同饲鹤，
至今空自吊华亭。

鹤喈泾，在二十四都华亭乡，相传机、云饲鹤处。

二陆

西晋（265—316）时期，二十四都华亭乡人陆机、陆云兄弟俩淡泊名利，学识渊博，才华横溢，是杰出的文学家，名闻天下，历史上号称"二陆"。兄陆机能诗，精于炼词，情景交融；弟陆云，性弘静文弱，怡怡然为士友所宗，亦善诗，重藻饰，以短见长。陆机天才秀逸，辞藻宏燕，他著的《文赋》是我国古代第一部文学论著，在中国文学史上当占重要一席。

陆机

陆机（261—303），字士衡，吴郡吴县（今江苏苏州）人，西晋文学家，与其弟陆云合称"二陆"，后死于"八王之乱"，被夷三族。曾历任平原内史、祭酒、著作郎等职，故世称"陆平原"。他"少有奇才，文章冠世"(《晋书·陆机传》)，与弟陆云俱为我国西晋时期著名文学家。其实陆机还是一位杰出的书法家，他的《平复帖》是我国古代存世最早的名人书法真迹。

陆机出身名门，祖父陆逊为三国名将，曾任东吴丞相，父陆抗曾任东吴大司马，领兵与魏国羊祜对抗。父亲死的时候陆机十四岁，与其弟分领父兵，为牙门将。二十岁时吴亡，陆机与其弟陆云隐退故里，十年闭门勤学。晋武帝太康十年(289)，陆机和陆云来到京城洛阳拜访时任太常的著名学者张华。张华颇为看重，使得二陆名气大振。时有"二陆入洛，三张减价"之说("三张"指张载、张协和张亢)。

陆机被誉为"太康之英"。流传下来的诗共104首，大多为乐府诗和拟古诗。代表作有《君子行》《长安有狭邪行》《赴洛道中作》等。刘勰《文心雕龙·才略篇》评其诗云："陆机才欲窥深，辞务索广，故思能入巧，而不制繁。"赋今存27篇。散文中，除了著名的《辨亡论》，代表作还有《吊魏武帝文》。其文音律谐美，讲求对偶，典故很多，开创了骈文的先河。明朝张溥赞之："北海以后，一人而已。"

另外，陆机在史学方面也有建树，曾著《晋纪》四卷，《吴书》(未成)、《洛阳记》一卷等。南宋徐民臆发现遗文十卷，与陆云集合辑为《晋二俊文集》。明朝张溥《汉魏六朝百三家集》中有《陆平原集》。

陆云

陆云(262—303)，字士龙。晋吴郡华亭人，家住昆山(今小昆山)之北。陆机的胞弟。好学，有才思，五岁能读

《论语》《诗经》，六岁能写文章，与兄陆机齐名。年十六，举贤良。晋太康十年（289），与兄机离家入洛，在张华家遇名士荀隐（字鸣鹤）。张华要求他俩交谈"勿作常语"。陆云自我介绍："云间陆士龙。"荀隐回答："日下荀鹤鸣。"他俩的对话成为当时的文坛佳话，"云间"从此成为松江的别名。

刺史周浚召为从事，对人说："士龙，今之颜子也！"后出补浚仪令，县称难治。到任后，下不能欺，市无二价，又能断疑案，一县称神明。郡守嫉妒他的才能，屡派使者训责，乃辞官去。百姓追思他，画像为祀。吴王司马晏任为郎中令。后由成都王司马颖任为清河内史。司马颖讨齐王司马冏时，以云为前锋都督。司马冏伏诛，升云为大将军右司马。司马颖志骄政衰，陆云屡以正言逆旨。及陆机兵败被冤杀，陆云也一起遇害。死后，门生故吏迎葬于清河。

所作诗颇重藻饰，以短篇见长。为文，清省自然，旨意深雅，语言清新，感情真挚。主张"文章当贵经绮"，实开六朝文学的先声。所书《春节帖》被选入《淳化阁法帖》。所著诗文349篇，《新书》10篇。后人汇辑为《陆士龙集》行世。

鹤啮泾

鹤啮泾是一个相当古老的地方，名噪较早，相传陆机、陆云从小读书、养鹤于此，留下了他们的一段美好的时光，后因之而得名。曾有饲鹤亭等以作纪念，当地人至今还流传着此事。据清光绪《平湖县志》记载："西晋文人陆机、陆云曾在鹤啮泾读书饲鹤。"

陆机、陆云和其父陆杭，祖父陆逊祖孙三代，历经三国、

西晋，转战南北，奋战沙场。除陆杭病逝（享年四十九岁），
祖孙均先后为国捐躯，葬于二十四都华亭乡灵溪鹤啮泾（今
平湖市新埭镇星光村），墓占地 10 亩。

（二十六）

野王书堵暮云横，
东泖潮来月正明。
一阵西风响修竹，
夜凉疑是读书声。

顾书堵，在东泖旁。相传顾野王读书圃。野王字希冯，仕陈，迁黄门侍郎，撰《玉篇》等书。

顾书堵

已废。顾书堵是新埭镇最早的私塾之一，也是平湖最有名气的古迹之一。位于泖口村 3 组，泖口古镇之上，明天启《平湖县志》有载："顾书堵在县治东北三十六里，傍东泖，相传顾野王读书圃……"

南朝时期，顾野王在那里居住并读书著作。清光绪《平湖县志》载："《陈书略》：野王字希冯，吴郡吴人也。幼好学，长而遍观经史，精记嘿识，无所不通。梁大同四年，除太学博士，迁中领军，临贺王府记室参军。及侯景之乱，野王丁父忧，归本郡，乃召募乡党数百人，随义军援京邑。京城陷，野王逃会稽，寻往东阳，与刘归义合军，据城拒贼。侯景平，太尉王僧辩深嘉之，使监海盐县。高祖作宰，为金威将军、安东临川王府记室参军，寻转府谘议参军。天嘉元年，敕补撰史学士，寻加招远将军。光大元年，除镇东鄱阳王谘议参军。太建二年，迁国子博士兼东宫管记。六年，除太子率更令，寻领大著作，掌国史，知梁史事，兼东宫通事舍人，迁黄门侍郎、光禄卿，知五礼事，余官并如故。十三年卒，时年六十三，诏赠秘书监。至德二年，又赠右卫将军。野王少以学至性知名，在物无过辞失色，观其容貌，似不能言，及其励精力行，皆人所莫及。第三弟充国早卒，野王抚养孤幼，恩义甚厚。其所撰著《玉篇》三十卷、《舆地志》三十卷、《符瑞图》十卷、《顾氏谱传》十卷、《分野枢要》一卷、《续洞冥记》一卷、《元象表》一卷并行于世，又撰《通史要略》《国史纪传》，未就而卒，有《文集》二十卷。张尧同《读书堆诗》：平林标大道，曾是野王居；往事将谁语，凄凉六代余。元，会稽张宪诗：昔闻野王宅，今上读书堆；篁竹最深处，菊花时自开；天风响钟磬，海气结楼台；回首梁陈事，悲歌付一杯。明代石庄（今兴旺村）沈宏光《顾书堆对月诗》：野王堆下暮潮平，九点峰头片月生；今日思君君不见，寒梅零落夜钟声。"野王著作中最著名是《玉篇》，于南朝梁大同九年（543）成书，全书共三十卷，五百二十四部，每个部目以《说文》为基础，加以展开，书中每字先注反切，次引古训，一字多义，是我国正楷字典的最早典范，也是中国文字训诂学中的重要著作之一。原著《玉篇》经梁、唐、宋历代文人增删，已非野王原著，现有《玉篇》系宋陈彭年增字本。晚清时期，有人在日本获柏木梁古家藏《玉篇》，共四卷，后刻入《古逸丛书》。

文人咏诗

顾书堵历来是文人墨客仰慕的地方，曾有许多外地学者和当地文人为之写下了许多诗篇。元代盛廷珪吊顾野王故居有诗云："宝云寺里旧祠堂，自汲清泉酹野王；白马有神嘶故道，青衣无梦到禅床。尘销坏壁书千卷，土蚀残碑字几行；欲借玉篇遗稿看，山僧无语立斜阳。"清代文人贝琼有诗云："泊舟亭林湖，突兀空王宫；当时读书处，鸟鹊呼秋风。前瞻两金山，扑舞波涛中；眷兹一篑力，克配千仞崇。恐有文字藏，中夜飞白虹；荒哉梦中语，且复诳儿童。我亦有书癖，五经老未通；草堂可遂结，常为两希冯。"清同治廪贡生时枢也有诗云："野王旧宅足勾留，舆志曾经此地修；读书今日堵犹在，不独南村有土丘。"并注："顾书堵在县东北三十六里东泖旁，相传陈顾野王读书圃。后为宝云寺，寺有伽蓝神。《记》云：寺南高基，野王曾于此修《舆地志》。"

顾野王之后，书堵荒废。宋代诗人王安石有诗云："寥寥湖上亭，不见野王居；平林岂旧物，岁晚空扶疏。自古贤圣人，邑国皆丘墟；不朽在明德，千秋想其余。"清乾隆年间陆斗有诗为证："野王书堵已成墟，太宰亭台剩旧庐；水月湾前看水月，东流障蓄意何如。"清陆增也有诗云："荒原莫辨古书台，峰泖中间仔细裁；回首六朝陈迹远，寺南桥北费疑猜。"顾书堵荒废之后，后人利用其旧址改建成庵堂，即后庵。古镇遗风依稀在，难寻野王顾书堵。

（二十七）

泖滨积雪白皑皑，
孙氏书斋傍水隈。
莫笑先生常闭户，
铁厓曾听读书来。

听雪斋，在东泖。元孙固读书于此，久废。固字以贞，生元泰定间，好读书，博综今古。与杨维桢、陶宗仪友善。

听雪斋

已废。听雪斋位于泖口古集镇（泖口村3组），是古新埭私塾之一，也是平湖最有名气的古迹之一。

听雪斋是元代孙固读书的地方。孙固，字以贞，生于元泰定年间，深居泖口，勤奋好学，博综精古，能诗善文，是当时著名的文学家。明天启《平湖县志》载："听雪斋在东泖上，孙固读书于此。"因孙固创立了听雪斋，故被称听雪公。明代陈继儒作《听雪像赞》："东南之秀，聚为峰泖，谁隐此邦，自昔遗老，亦曰孙翁，挫影蹈道，听雪名斋，幽意孰讨，将无谓是雪也，可以洗欲界之齷齪，泗火坑之烦恼，填世路之坎坷，唤里耳之颠倒，静而听之，尘垢不待浴而澡，凝滞不待日而扫，维孙与子清白，是实其公之所以听雪而德同皎皎者乎。"孙植《孙氏族谱叙》载："听雪公居华亭五保乡，子乐农公仍之，卒葬其乡，生五子，四子俱华亭而第三子怡闲公徙平湖，因家焉。是植（孙植）曾祖……"《王志》载："固字以贞，生元泰定间，性冲淡，好读书，博综今古，筑室顾泖之阳，颜其斋曰听雪。尝有群盗哄至村聚，老幼奔避。固读书声闻于外，盗知之，不入其户。洪武初，辟署南直华亭学，不赴，与杨维桢、陶宗仪友善。"孙固在泖口读典修书，一生中著有《铁崖古乐府》《东维子集》《听雪斋稿》等，他的诗很有特色，堪称"铁崖体"。

《听雪斋记》

豫章胡俨撰有《听雪斋记》：

孙子读书于顾泖之阳，颜其斋曰：听雪，怡然而乐，泊然而休。客或咳之曰：君子所以其无逸，必有高明之居、燕息之箴戒其怠惰荒宁之志，故几杖盘盂户牖觞豆履剑茅皆著之铭，今子之斋何取于雪，雪非恒，有何观德焉，无乃尚其名而浮其实者欤？孙子嘻，夫人之衣其衣，食其食，安其居者，岂无所庸心哉，苟有所庸心，奚必求其凿凿者乎，不求其凿凿，则旷然而通昭，然而明天地间，无所系累，子又恶知斋不可以名雪，雪不可以观德乎哉。畴昔之夜，时既昏玄阴积，四郊云同，万窍向逼，吾为掩残编，据木榻，正襟危坐，竦然而听之，萧萧飕飕，如木叶之初脱也，飘飘扬扬，如轻沙之载扬也，寅缘瑟缩，弥漫淅沥，如郭索之行暂息，春蚕之啮未休也。既而风高木号，林振竹折。人寂鸟呼，水凝涧咽，森然而毛发寒，凛然而肌体慄，不知其何声，顾乃为之眩惑，于是收神摄虑，付之无形，返之舞声，则夫所闻者，皆无所闻矣。唯我寂而感者，始之以为雪之作也，且雪于斯际均声也，人于雪均听也，胶胶扰扰者既不得其所听，荒间寂寞之流又不知其所以听，苟听之，则必取声之清，似悦其耳，未必能研几主静以存圣功也，吾于听雪得静之理，以名吾斋，奚为不可。客嗒然笑曰：子休矣，不复敢言。孙子以告，予惟易曰：天下何思何虑，诗曰上天之载，无声无臭。孙子惕然曰：命之矣，吾向之所言，其犹拊盆扣瓴者，不知有黄钟大吕之音乎。予喜孙子一言而悟，并记其说，使告于客。

文人咏诗

听雪斋自孙固以来，传承了很多古代文化和古代文明，吸引了不少文人墨客，并写下了许多耐人寻味的诗篇。

元代华亭陶宗仪诗云："瑶池阿母教飞琼，细捣冰花拥帚旌。郭索行沙林竹堰，吴蚕食叶纸窗明。短编清夜谁家读，柔橹寒溪远处鸣。闭户先生俄侧耳，松声沸起煮茶铛。"

明代胡俨诗云："茶灶烟沈鹤梦惊，梅花香冷蝶魂清。卷帘试看飞琼舞，隔竹俄闻裂帛声。黄叶秋干缘砌响，银沙风急洒窗鸣。绝声听雨巴山里，一夜乡心白发生。"

清乾隆年间陆棋斗有诗云："顷刻漫天糁玉尘，冬来风信暴频频。问谁乘兴游东泖，为访高斋听雪人。"

清文人陆增也有诗云："听雪斋虚静掩门，序芳园废草无痕。流光转瞬同驹隙，两两风情记赵孙。"

听雪斋早已绝迹，根本找不到其遗迹，但是，泖口的老人们还传说着听雪斋的故事，平湖人的学风中也渗透了孙固这个人物。

清道光年间时枢有诗云："夕照村中噪暮鸦，喃喃人语路三叉。侬从斋里来听雪，郎向桥头去卖茶。"

（二十八）

堂开轮奂号三鱼，
尚义坊头陆氏庐。
闻说鄱阳风浪险，
漏舟稳渡五更初。

三鱼堂，在尚义坊。明丰城丞陆溥，领漕兑，渡鄱阳湖，夜半舟漏，祷之漏止。启视有三鱼塞漏处，因以名堂。

三鱼堂

三鱼堂原在尚义坊（现为嘉善县大通石牌泾），后来，其子孙迁移泖口而居，三鱼堂也随之迁移而来。清光绪《平湖县志》载："三鱼堂在尚义坊。明丰城丞陆溥筑。"《王志》也载："筑堂尚义坊，颜曰三鱼，后子孙移家西泖口，仍以三鱼名堂。"

三鱼堂是明代丰城县丞陆溥创建。陆溥是陆宗秀的曾孙，出生于石牌泾。明天启《平湖县志》载："陆溥字文博邑诸生，以资受上海县丞，调丰城督运，夜过采石矶，舟漏，溥跪祷曰：舟中一钱非法，愿葬身鱼腹。祷毕漏止，天明视之，有三鱼裹水草塞漏，寻以亢直罢官归。"

三鱼堂

《三鱼堂记》

陆氏族人陆光祖作《三鱼堂记》：

从伯祖静庵公丞丰城时，领漕兑，渡鄱阳湖，夜半舟忽漏，公祷之，俄而漏止，天明启视，有三鱼裹水草塞漏处，丰城人异而歌之。公既谢官归，治堂尚义坊后，题曰三鱼，志前事也。后子孙移家西泖上，堂改为祠。伏念吾宗三十余世，世以忠孝节义诗书相传，而公为大宗子，以孝友承家，以廉惠守官，仗忠信，踏风波，受天之佑，公之子孙宜益硕大繁昌，而至今尚未有显者。吾宗兄忠顺，实公元孙，恭俭长厚，贻谋甚良，天将昌公之后乎，钟于是矣。岁之初吉，家大人题前额赠兄，以待新堂之成而悬之。光祖谨记其事，用诏来世，俾思厥先祖父代有明德以佑后人，其庶几夙夜懋勉无怠，冀以亢其宗而光其前烈，则陆氏之三鱼其即王氏之三槐也与。

文人咏诗

三鱼堂的故事为陆溥的后人树立了榜样，陆溥后人们也都始终遵其祖训，勤奋治学、忠厚为人，先后出了很多名人志士，清献公陆陇其就是其中之一。他以圣贤为己任，以三鱼堂祖德鞭策自己，为官清廉，爱民如子，躬行实践，创办尔安书院，推崇"朱子学说"，被誉为"天下第一清廉"。

三鱼堂的故事始终在流传，也不断激励着人们实事求是、光明磊落、清正廉明、奋发向上，有好多名人雅士为之折服，为之拜倒，并留下了许多赞美的篇章。陆陇其作了《三鱼堂剩言》十二卷、《三鱼堂随笔》四卷和《三鱼堂文集》十二卷。

清文人陆增诗云："丰城漕运向都京，忽遇狂飚巨浪生；感念三鱼神护佑，筑堂泖上世称名。"

清道光廪贡生时枢有诗云："燕梢双桨入清渠，尚义坊前返照虚；为问当年督运者，缘何舟漏得三鱼。"

清咸丰副贡生朱鼎镐诗云："西山爽气绕蓬庐，海角骚人此隐居；乔木清流殊不俗，至今人仰陆三鱼。"

现在，泖口古镇上，陆氏老宅遗迹已很少，古建筑等全都已毁，根本找不到具有价值的遗迹，镇上的人们谁也说不清三鱼堂的旧址。只有一些现代民房建筑和粮田，还有那似乎知道古镇昔日辉煌的泖水滔滔不绝。

尔安书院

（二十九）

水月湾头皓月来，
有人摇笔独登台。
苍茫四顾碧千顷，
太宰当年琳宇开。

水月湾，在顾书堵东一里。明陆庄简于巨流中甃石为矶，题以斯名，上作琳宫镇之，登台四顾，一碧千顷。

水月湾

水月湾，位于泖河村，即泖口西岸水中。东有兴旺村与之隔水相望，北是上海市金山区兴塔镇，南是汇集西南之水的地方。

新埭境内水系复杂，长泖、横泖等河流都汇集于泖口，泖口因之而得名。泖口名起较早，平湖建县前早有其名，而水月湾之名则起源于明代，以吏部尚书陆光祖（谥庄简公）在西岸建别业而命名。明天启《平湖县志》载："陆庄简公于巨流中甃石为矶，当明月皓白，水光接天，增一胜概曰水月湾云……"清光绪《平湖县志》也载："水月湾在顾书堵东一里，明陆庄简于巨流中甃石为矶，题其前曰水月湾。"

民国十五年（1926）金兆蕃《平湖县续志》载："水月湾毁于火。光绪三十四年，里人陆家桢等集赀建，复厅事五楹，东西边间各一，登临其间，水月如旧。"

《水月湾记》

明王彦福《水月湾记》：

天目西来之水潴于当湖，复东北百里入于华亭三泖，大江之南水派之长无逾此者矣。其自当湖而注三泖也，中间四十里而近先经长泖，长泖者三泖之首，界乎华亭平湖间，亦巨浸也，南则当湖，西则伍子塘、魏塘之水会于太宰陆公别业右，东流与长泖合。余以丙寅秋孟，挐舟访公于泖上，因从公杖履散步屋东头，历览胜概。盖公居三面滨泖，独西南受诸水，弥弥洋洋，不舍昼夜，诚泽国之大观而灵秀之所钟也。遂相与过小桥，稍南数武，复折而东可二十弓，则有台石横截水口上作琳宫镇之，中供观音大士，既登台四顾，一碧千顷，岸柳汀葭，荡漾远近，浮鸥游鲦，出没烟波间，微风徐来，银涛忽叠，此身如入潇湘洞庭间，谁谓东吴菰芦中有此奥区哉。自台而右，湾若半规，西来之水至此一咽，洄澜容与，更为有情，太宰公指示；此水月湾也，子盍为我记之。余请其说。公曰：余之经始此台也，盖用堪舆家言，当湖之水奔流北行，邻国为壑，恐邑之秀淑亦从此泄，姑障此以少蓄之，台成而一泓澄碧，其形月也，尝以三五之夕，舣棹中流，或露坐台上，则月光水色上下相彻，澄然者与吾目谋，湛然者与吾心谋，恍兮惚矣，不知其非琼楼玉宇广寒清虚也，夫月得水而辉光愈著，水得月而精神益舒，二者尢心而恒相为用，无心之用，故其用不穷耳。苏子曰：逝者如斯而未尝往也盈虚者如彼而卒未尝消长也。旨哉，斯言水月也，进于道矣。我之所触者，境也，而融于心矣。况禅家以水月喻法，而太上亦以水月称。我之名斯湾也，岂无自哉。予唯唯称善因作而前曰：水发源于天目，其泽长矣；月亘千古而常明，其照永矣。请以是为公寿，并为公别业祝。公逊谢不敢当。余弗之忘也，归次其言，作水月湾记。

文人咏诗

水月湾，建于泖口西岸浅滩之中，是用石块垒砌成基，形如月牙，上有建筑物。于岸观之，美丽无比，月光下更是美哉；潮满时，基石若隐若现，使人别有一番感慨。其外之水域偌大无比，碧波千顷，水天一色，与潇湘洞庭湖相媲美，故有小洞庭之称。如此之美的湖光水色是古代平湖境内不可多得的名胜之地。自明代以来，有不少文人为水月湾留下了很多赞美的诗篇。

明代张诚诗云："天目西来百里长，风流寂寞午桥庄；独余水月依然在，犹记尚书障一方。"

清乾隆年间平湖文人陆栱斗有诗云："野王书堵已成墟，太宰亭台剩旧庐。水月湾前看水月，东流障蓄意何如。"

道光年间平湖文人时枢有诗云："摇来两橹快如梭，报道曾经东泖过。水月湾头郎可到，问郎水月好如何。"

胜景难觅

如今，水月湾胜景早已不复存在，而泖口水域夹在泖河村与兴旺村中间，其形如弯月，弥弥洋洋，不舍昼夜，其神却与当年大不相同。两岸农田碧绿，农舍皆楼，现代农业欣欣向荣；水域的弯度比过去稍直了些，这是几百年来水流长期冲击的缘故；西岸的陆光祖别业遗迹也很难寻，几乎没有多少痕迹。过去，水月湾的水清澈见底，水底下长满了嫩绿水草，可以清晰地看到小鱼小虾在水草丛中游动，现在这些情景早已没有，泱泱流水也变得黄黑浑浊。那碧水银涛，乌棚木舟，走风商帆的人文景象已寻无踪影，两岸更找不到岸柳垂丝，野花如绣，渔艇凌风之景，晚间也听不到"欸乃一声三泖间"的行舟对酌之兴，明月之下更觅不到"夫月得水而辉光愈著，水得月而精神益舒"之感。只有水污浪浊，烟波间大型铁船匆匆行驶，远处机器声、汽笛声混杂一起，随风飘来一股机船烟油味。

水月湾

水月湾

（三十）

圆珠圩地似珠圆，
夜夜珠光高烛天。
闻说云台陆进士，
绕洲七亩拓平田。

圆珠圩在新溪西一里，积沙成洲，广亩许，夜有光烛天，明陆云台拓为七亩，建福源寺于洲上。

圆珠圩

圆珠圩俗称塔圩，明嘉靖三十二年（1553），嘉靖倭变之后，陆云台于圆珠圩绕洲增筑，拓地7亩，建造七层砖塔一座，名蕴真塔，福源寺又从县城迁建至圆珠圩。圆珠圩经历历代洪水不淹没，世人称奇。

陆进士

陆进士即陆云台，亦即陆光宅，字与中，号云台。比部（刑部之一司）赠大理卿陆呆子、吏部尚书陆光祖弟。明隆庆四年（1570）庚午举人，实并非进士，因当时对举人尊称为"乡进士"，对岁贡生尊称为"岁进士"，而有时省去"乡""岁"等字，造成误解。

（三十一）

书声隐约出平林，
大竹园边绿荫深。
陆氏当年书院在，
梅花开处见天心。

天心书院，在旧埭，为陆氏义塾，久废。陆氏有大竹园。

天心书院

书院是中国封建社会的一种教育组织形式。其名始于唐代，最初为官方藏书、校书的地方，还不是正式的教育机构，到了五代末才成为聚众讲学的场所。北宋统一中国，尚无能力兴办学校，于是私人书院应运而生；到了南宋，已成为重要的教育机构，而当时书院又以其藏书为主要特点。

书院是蒙学以上的学习场所，既可官办，也可私人办学，学生来去自由。但它也建立了讲学、藏书、供祀的基本规则，建立了学会、学田、学规等基本设施与管理制度。它始终与官学平行发展，相对独立，实行择师选生，自由讲学，提倡读书与修养并重，实施自学为主，辅以讲学。学生分正课与副课，正课也称投课生员，即今之基本在册生，副课即旁听生一类。

明隆庆举人陆光宅（1567—1572），字与中，号云台，别号觉庵。杲幼子，光祖弟。因伯陆久无子嗣，继嗣于棐。陆光宅自幼仰慕王阳明（王守仁）的学说，在旧埭建陆氏家塾天心书院，邀集名士讲学，探究王阳明学说。天心书院是平湖书院发展的第一阶段，是最早创办的义塾之一。书院旧址旁有三亩地的大竹园，今竹园还在，书院已废。

陆光宅乐善好施，常常赈济困难的家庭，但自己吃的是糙米，穿的是有补丁的布衣。王龙溪（明代哲学家，王阳明的学生）说："与中的学识以仁为本又彻底悟得佛学的精髓，故达到了卓绝的品性而不乱。"

天心书院是明代旧埭陆氏的私塾。旧埭陆氏祖来自石牌泾，历代书香门第以义赈、助学著称。从旧埭建立时起，陆氏后代就在自家的私塾中念书，曾出了许多举人、进士。陆淞一门三代中，四人中进士。

陆增有诗云："来鹤楼高徵士居，杞忧时事托樵渔；一编家史应垂后，阙下徒劳献策书。"

陆光宅把私塾取名为"天心书院"。书院不仅收教陆氏自家弟子，也为外姓弟子义务教学，故也称义学（亦称义塾，是一种免费的学塾，经费来自地方或私人筹募捐助，收教贫寒子弟，给以初级阶段的教育，以识字为主）。嘉靖三十二年（1553），旧埭被倭寇焚毁，天心书院也一并被毁，只留下凄惨荒凉的痕迹。

陆增诗云："尚书旧第宝纶堂，家塾天心三宅旁；广厦惜遭兵焚后，颓垣蔓草顾荒。"

（三十二）

荒烟蔓草翳平皋，
不见连云甲第高。
借问峨峨双柱石，
可能往事说南曹。

大明御史曹光宅，在新溪南里许，地名南曹。今第宅无
存，惟两石柱屹立阡陇间。相传系曹氏厅前坊柱。

南曹

南曹俗称曹御史宅第，是明代御史曹光的老宅，位于杨
庄浜村，新埭集市南岸，东为南栅港，西是太湖湾，后是三
里塘（即市河）。

曹御史宅第，也称"科甲宗英"坊，面积近200亩，气
势宏伟，初建于明隆庆年间（1567—1572）。《朱志》有载：
"科甲宗英坊，为曹光、曹一麟、曹炜、曹征庸立，永丰桥
西，久圮。"旁边还有两座牌坊，即：柱史坊和兄弟进士坊，
清光绪《平湖县志》载："柱史坊，为福建道御史曹光立，永
丰桥西，久圮。"又载："兄弟进上坊，为曹光、曹炜立，庆
（启）源桥西，久圮。"

曹门父子三人同朝为官，门庭显赫，穆宗皇帝钦赐"科
甲宗英"四字。后来，曹门建造宅第，规模较大，有开挖

"九曲皇河"之说。当时，曹家买了很多木材，把木材扎成很大的木排，以水运撑回家。由于木排特别多，宅第建造时间又特别长，遭严嵩党羽杨继仁弹劾，说曹光在家建造皇宫，罪当满门抄斩。事关重大，皇帝为了慎重起见，派专人来调查此事。

由于京城到新堪路途较远，交通又很落后，钦差只能坐船而来，当时的行船都是靠手摇和拉纤，速度很慢。曹家得到凶信后，派人骑马赶在钦差之前回籍，立即缩小建筑规模，尽快结束宅第建设，并在尚未起用的木排堆上泥土，沉于水中，还在木排的泥土上播上菜籽。

三个月后，钦差终于到了新堪。看到曹光家的建筑规模并不大，周围也没有"九曲皇河"，只见一片绿色菜地。钦差回京，向皇帝奏明此事实属子虚乌有，曹光才免遭杀身之祸，只是解职回籍。而杨继仁则被朝廷问斩。当地人至今还有杨继仁"自奏自害"的传说。曹氏开挖"九曲皇河"是假，而其宅内确有一条弯弯曲曲的小河流，名为龙梢浜，直到如今还在。

在明代，曹氏门第出了好几个进士和举人，连续几代为官，所以，特别兴旺。进入清代后，曹氏逐渐败落，其宅地也随着时间的推移而破旧，至清代中期已荡然无存。

新中国成立初期，曹御史宅第较为荒凉，除了一片竹园地外，还有四根很大的石柱。后来，石柱被人们推倒，陷于泥土之中。现在的曹氏宅第周围都是粮田，后边则是新堪镇政府机关办公大楼。

（三十三）

宗英科甲耀乡闾，
谏草焚余合著书。
廿载萧闲曹御史，
桂花香里闭门居。

科甲宗英坊，为曹禾、曹光等立，久圮。明御史曹光解组归，杜门谢客二十年。家有两大桂，开时香闻四远。

科甲宗英坊

曹氏兄弟，明代新埭南曹人，兄曹禾，明嘉靖二十六年（1547）进士，官至都给事中。弟曹光，字原实，明嘉靖二十九年（1550）进士，官至中书舍人，提升南京刑部员外郎，礼部郎中，工部郎中，后升为福建都封运使，福建道侍御。

曹氏兄弟在京为官多年，报效朝廷，为民办事，兄弟俩对封建统治的黑暗非常不满，尤以奸臣严嵩当朝揽权，残害忠良。曹氏兄弟因谏不纳，不愿在朝廷为官，后借故称年事已高，先后辞官离开朝廷退隐故里，定居南曹（今新埭中心小学南首）。兄弟俩为人忠诚正直，为官清廉，不畏权势，敢于直谏。返乡后，明穆宗皇帝亲自钦赐兄弟俩在故里立"科甲宗英"坊，明隆庆年间赐建一座结构宏伟的宅第，环境优美清静，在园内植金桂两棵，年逢八月，桂花盛开飘香数里。宅第前后门两边竖立起有二丈多高，四十厘米见方石柱四根，今尚存厅前两根，当时显得一派雄伟庄严。据传系曹氏正门厅前厅后坊柱，门顶石坊镌刻"科甲宗英"四个红漆大字。时至光绪年间，宅第年久失修，荡然无存，可两根石柱仍屹立于阡陇间，新中国成立初尚能看到后厅两根石柱，后因翻耕石柱陷入土中。

明时，曹禾、曹光俩兄弟情同志合，隐居于自己宅第庭院，足不出户，闭门读书，笔耕不辍，专心勤于著作长达二十年，凡有客人来访，均以礼谢绝。

（三十四）

天香亭子夜摊书，
插架琳琅灿石渠。
分校棘闱称得士，
五人联捷眼非虚。

"天香亭"，南曹书屋名。曹微之先生由进士官四川南江知县。庚午分校，得士五人，礼闱皆联捷。

《石渠宝笈》

《石渠宝笈》为清代乾隆、嘉庆年间的大型著录文献，初编成书于乾隆十年（1745），张照、梁诗正等编撰，共四十四卷。著录了清廷内府所藏历代书画藏品，分书画卷、轴、册九类。作为我国书画著录史上集大成者的旷古巨著，书中所著录的作品汇集了清皇室收藏最鼎盛时期的所有作品，而负责编撰的人员均为当时的书画大家或权威书画研究专家。

曹微之

《平湖县志·彭志》载：曹微之，即曹志周，字微之。康熙十八年（1679）进士。家居孝友，操制义选政，四方从游日众。授四川南江知县，工部主事，课农桑，勤开垦，设义学……与曹氏兄弟同是新埭南曹人，辞官回故里，其间曹氏兄弟相继作古，但与"科甲宗英"坊相邻，便在坊旁建一座"天香亭"书屋，苦读著作，继承和发扬曹氏兄弟攻读著书的无畏精神。

（三十五）

龙头古里结茅庐，
清献当年此卜居。
一代儒宗家泖水，
三鱼堂里有遗书。

陆清献公，家居泖口龙头上，著有《读礼志疑》《困勉录》《读朱随笔》《松阳抄存》《三鱼堂集》等书，采入四库。

陆清献公

陆稼书（1630—1692），原名龙其，因避讳改名陇其，谱名世穮，字稼书，浙江平湖人；学术专宗朱熹，排斥陆王，学者称其为"当湖先生"，清代理学家，被清廷誉为"本朝理学儒臣第一"，与陆世仪并称"二陆"。

陆陇其早年因生活所迫，以坐馆人家为生计。二十七岁时，应试补本邑弟子员。康熙九年（1670）中二甲进士。

康熙十四年（1675）四月授嘉定（今属上海）知县，到任后，即抑制豪强，整顿胥役，深受乡民爱戴。

嘉定是个大县，赋税征收多而民间习俗又追求铺张浪费。陆陇其简朴节俭，努力以德教化百姓。遇到父亲告儿子，便含着泪进行劝说，以致儿子搀扶着父亲而归，从此很好地侍奉。遇到弟弟告哥哥，便调查出挑唆者施以杖刑，以致兄弟二人都很感动悔恨。一些品行恶劣的青少年勾结行恶，便给他们戴上枷在路口示众，看到他们悔过了才释放他们。有一富豪家的仆人夺走了砍柴人的妻子，陆陇其派差役将他逮捕治罪，使富豪改变了以往的行为成为善人。遇到官司，陆陇其不用差役去逮人，属于宗族内部争讼的，便以其族长去治办，属于乡里争讼的，便靠里老去治办。有时也让原告、被告双方都到县衙来进行调解，称为"自追"。为了征收赋税，陆陇其建立了"挂比法"，写上百姓的姓名以进行对照比较，至于交纳数额由每人自报。同时又建立"甘限法"，命令将今日限定交纳中所欠的数额日后增加一倍交纳。

康熙十五年（1676），三藩之乱爆发，朝廷因战争需要而征军饷，陆陇其下令征收，并说明"不考虑一官半职，反而对你们百姓无益，而且对国事也有损坏"。于是每户发一张知县的名片以进行劝导，不到一个月交纳至十万，又赶上征房屋建筑税，陆陇其认为只应征收市中店铺的税，命令不许涉及乡村百姓家。

江宁巡抚慕天颜上疏请求施行繁简不同的各州县长官更调法，因而谈到嘉定县政务繁杂又多逃税者，陆陇其虽然操行称绝一世，然而却没有应付复杂事务的才干，应该调到事务简约的县。此疏下到吏部讨论后，以才力不及为由将陆陇其降调。县里有某人在道路上被强盗所杀，而其家人却以仇杀上诉，陆陇其捕获了强盗并审判定案。刑部认为最初的报告没有说到强盗事，以隐瞒盗贼的过失夺去陆陇其的官职。

离任时，只带了几卷图书和妻子的织布机，民众扶老携幼，哭卷攀辕，嘉定县民数千泣留不得，因此，刻《公归集》相赠。

康熙十七年（1678），朝廷以博学鸿儒科选拔人才，陆陇其没有来得及参加考试，便因父丧而归乡。

康熙十八年（1679），左都御史魏象枢遵照康熙帝的命令推举清廉的官员，上疏举荐陆陇其廉洁对己而爱民。康熙帝命令他守丧期满后可用为知县。

康熙二十二年（1683），授陆陇其为直隶灵寿县知县。灵寿土地贫瘠，百姓贫困，劳役繁多而民俗轻薄。陆陇其向上司请求，与邻近的县更换服役，可以轮流更代。陆陇其实行乡约，视察保甲，多发文告，反复教育百姓，务必去掉好争斗和轻生的习俗。

康熙二十三年（1684），直隶巡抚格尔古德将陆陇其和兖州知府张鹏翮一起作为清廉官举荐。

康熙二十九年（1690），康熙帝下诏让九卿举荐学问优长、品行可用的人，陆陇其再次被推荐，得到圣旨，可以调任为京官。陆陇其在灵寿七年，离任的时候，道路上站满了百姓，哭泣着为他送行，如同离开嘉定的时候。陆陇其调京后被授为四川道监察御史。偏沉巡抚于养志的父亲去世，总督请康熙帝让他在任为父守丧，陆陇其说天下太平，湖广又不是用兵的地方，应该让他尽孝道，于是于养志解任回乡。康熙三十年（1691），清军征讨噶尔丹，政府为筹集军费而采用向捐款人授以官位的做法。御史陈菁请求停止捐款人必须经过保举才能升官的做法，而实行多捐者优先录用的政策，吏部讨论后没批准实行。

陆陇其上疏说："向捐款者授官的做法并不是皇上本意要实行的，如果允许捐款者可以个用保举，那么亏凭止遂而做官就没什么区别了，再说清廉是可以通过捐款而得到吗？至于捐款者优先录用，等于开了为名利而奔走争竞的门路，都是不可行的。特别要请求实行捐款人如果在三年内无人保举，便让他辞官退职的做法，用来澄清升官的途径。"九卿讨论认为："如果实行让捐款人辞官退职的做法，那么希望得到保举的人奔走争竞将会更厉害。"

于是，康熙帝下诏让与陈菁详细讨论。陆陇其又上疏说："捐款的人贤愚混杂，只有靠保举才能防止其中的弊端。如果排除保举而只认可捐款授官，这些人有不捐款的吗？议论的人认为三年没人保举就让辞官退职的做法太苛刻了，这些没有功名的平民得到官位，居百姓之上三年，已经很过分了，即使辞官退职在家，也像官宦一样，很荣耀了。如果说到这些人通过钻营求得保举，那么只要总督、巡抚是贤明的，从哪里去奔走争竞呢？即使总督、巡抚不贤明的，也不能将所有的人全保举呀！"这个上疏更是言辞激切。陈菁与九卿仍持不同意见。户部以捐款者都在观望，将会迟误军需为由，请求夺去陆陇其的官职，发往奉天安置。

康熙帝说："陆陇其任官时间不长，不了解情况，的确应该处分，但是作为言官可以原谅。"正巧，顺天府府尹卫既齐巡视哉辅，还朝奏报，民心惶惶不安，唯恐陆陇其发配远地。于是，陆陇其得以免于发配。不久，命陆陇其巡视北城。任用期满，吏部讨论将他外调，因而陆陇其告假还乡。

康熙三十一年（1692），陆陇其去世。

康熙三十三年（1694），江南学政缺员，康熙帝打算用陆陇其，左右侍臣奏报陆陇其已去世，于是用了邵嗣尧。邵嗣尧过去与陆陇其都是由于为官清廉而由外官调到京城的。

雍正二年（1724），雍正帝亲临学宫，讨论增加随从祭祀的儒者，陆陇其在其中。

乾隆元年（1736），乾隆帝特赠予清献的谥号，加赠内阁学士兼礼部侍郎衔。

乾隆三十年（1765），嘉定知县杜念曾钦慕陆陇其政绩，修葺孔庙旁的应奎书院，增建讲堂，特取陆的出生地浙江平湖的别称——"当湖"为院名以示纪念。

陆陇其做县官时崇尚实政，嘉定县百姓歌颂陆陇其，直至清末也没有停止。灵寿的邻县阜平县为他修了坟墓，县民陆氏世世代代守在那里，自称为陆陇其的子孙。

陆陇其一生著书不断。家有"三鱼堂"，藏书500余种，间有旧本和抄本。著有《古文尚书考》一卷、《读礼志疑》二卷、《四书讲义困勉录》三十七卷、《松阳讲义》十二卷、《松阳钞存》二卷、《续困勉录》六卷、《战国策去毒》二卷、《读朱随笔》十卷、《礼经会元注》八卷、《灵寿县志》十六卷、《一隅集》八卷、《三鱼堂文集》十二卷、《外集》六卷、《附录》一卷、《三鱼堂随笔》四卷、《问学录》若干卷等。后人将陆陇其的著作汇集编为《陆子全书》。

（三十六）

点头顽石凿空嵌，
见首神龙迥不凡。
何处飞来何处去，
在田难觅碧巉巉。

泖口，又名龙头上。相传昔有石龙头在庵前田中，今杳无踪影矣。

泖口

泖口是长泖、东泖、横泖汇集的地方，弥弥洋洋，不舍昼夜，俗称"龙头"，位于新埭镇东北的泖河村，上海塘的西岸，东与兴旺村、吕巷镇的夹漏村相望，北与兴塔镇下坊村交界。

泖口是苏州、嘉兴互通和出海的交通要道，也是历代船盐的巡埠，是控制贩盐商船的咽喉之地。清陆增有诗云："嘉禾唐代属苏州，江浙分时胥浦流。一水相通私贩禁，巡盐船惯泊龙头"。

泖口之名始于泖水命名之时，历史悠久，文化渊源深厚，是平湖境内较有名气的地名之一，更是新埭最古老的地方。南朝梁陈期间，顾野王在吴郡华亭乡西泖（泖口）读书著学，建有顾书堵。元泰定年间（1323—1328），孙固深居华亭西泖，建听雪斋。明正德（1506—1521）后，陆溥创立的"三鱼堂"从石牌泾迁至泖口。清康熙三十一年（1692），著名理学家陆陇其在泖口创建尔安书院。是年卒，墓葬于泖口。

泖口集镇，起步于明代。明万历二十年（1592），刑部尚书陆光祖（即陆庄简公）去官回家，在泖口西岸建别业，并于泖口水滩垒石以建水月湾。清代的泖口，其商业以南北杂货、农副产品、手工作坊为主，虽然水上交通非常方便，但商业范围并不大。发展到民国初期，泖口商业还是顾客稀少、市面冷落。民国二十一年（1932），泖口商店也只有十六家。

龙头庵

龙头庵的来历说法不一。据当地人们传说，以前泖口西岸漂来了一棵既长又粗的大木头，此木颜色特别黑，由于长时间浸泡在水里，两头已腐朽，只有中间稍好一点，没有什么大用，人们看见后捞到了都不愿意要，仍然推到水中，让它顺水漂走。然而，推了好几次都漂不走，只能让它留在西岸边。后来，有人用此木雕刻了一尊佛像，建造了庵堂，这样就有了龙头庵。另有一传说是明代丰城县丞陆溥的子孙从石牌泾东迁至泖口后，建造的"三鱼堂"就是龙头庵的前身。

龙头庵占地面积约1.5亩。晚清时期的龙头庵有前后两埭。前埭和后埭相距较近，两边有加楼厢房连于两埭，前埭曾是私塾学堂。抗日战争时期，龙头庵内有尼姑二人，每天吃斋忩经，庵内也有学校，国民党新埭党部也曾一度驻扎庵内。新中国成立初期，庵内学校曾维持，后迁出。20世纪60年代初期，庵内尼姑全部迁出，办起了加工厂，后加工厂停办，庵堂空关。

龙头庵

陆陇其(稼书)
1630~1692

（三十七）

四壁虫声梦里秋，
后新街上旧书楼。
一经堂杳遗编佚，
惆怅当年抵邺侯。

"秋梦楼"，在后新街。费氏"一经堂"藏书处也。昔费氏藏书甚富，今散佚无存。

秋梦楼

秋梦楼建于清代，秋梦楼内设一经堂系新埭费氏抵邺侯藏书之处。据史载，费氏藏书甚富，该藏书楼在新埭镇后新街，几经沧桑藏书散佚无存。

费椿

费椿，清嘉庆时诸生，字子年，号春林。府学增广生，居今后新街47—63号（一经堂藏书处）。父亲名淮，费椿生后，父即亡故，母亲穷苦地抚育他成长。母亲因怜悯乡里节烈之人事迹大都已湮没，便命费椿采访事迹后，收集成一册，名为《霜香录》。费椿又为母亲作《慈帷声影录》，以彰显母亲守节之品德。

朱莘溪家是费椿读书的地方。朱莘溪聘请顾邦杰教授他儿子。费椿于是和顾邦杰朝夕相处，谈诗论词。所著有《诗经偶句》《秋梦楼诗集》《唐诗人分韵录》均已刊印，《秋梦楼诗外集》《十六国春秋杂事诗》则未刊印。

一经堂

（三十八）

书屋三间缭短垣，
浣花溪畔月临轩。
问谁曾作草堂记？
绛帐春风徐解元。

西花园头，有程浣花先生书屋，额曰"三间草堂"。徐辛庵先生未贵时，设帐于此，有《三间草堂纪事》文。

西花园

西花园建于清代，园址在寿带桥（俗名砖桥）东首，同善堂后面，程浣花书屋建于花园内，匾额题词"三间草堂"，有"三间草堂"纪事文碑，清朝嘉庆解元徐辛庵设帐于西花园中。园内环境优美，有亭阁、池塘，今废。

徐解元

徐解元即徐士芬（1791—1848），名诵清，号辛庵。梦熊子，新埭人。嘉庆戊寅恩科解元，卯进士。官至户部右侍郎、顺天学政。入内廷十一年，勤慎如一岁。道光戊申卒。著作有《漱芳阁诗文集》十卷、《漱芳阁时艺》等。

（三十九）

砖桥西畔七间楼，
门对清溪水北流。
廉吏更无琴与鹤，
只留机杼压轻舟。

陆沅芗先生七间楼，在砖桥西，先生由进士，官福建建宁等县知县。居官清廉，布机纺车外，无长物。

陆沅芗

陆沅芗原名陆嗣渊（1776—1844），字笠亭。居新埭西市陈家埭。善作文，工楷法，性嗜饮，豪迈不羁。嘉庆十八年（1813）由副贡生考中举人。后六次上京考试，于道光三年（1823）考中进士，历任福建顺昌、泰宁、崇安、建宁等知县。由于政绩不突出，降为水口挈验关大使，不久罢官，上司可怜他，叫他土管汀州龙山书院。道光二十四年（1844），病死于福建汀州，终年六十九岁。陆沅芗的书法以楷书为主，颇有造诣，深得文人墨客赏识，在福建和家乡很有名气，影响较大，被称为清代"新溪三杰"。

陆沅芗劲时聪明过人，性好学，爱好书法，寒暑不辍，时人以能得到他的书法作品为荣，视为家宝。他工文学，爱写诗，书法奇逸。赋诗唱和，挥毫题词，常一气呵成，名流学者高度评价。晚年，咸丰庚申年沉芗已年六十六岁高龄时，他与里中诸诗人结吟社，福源禅寺高僧还请他题诗，他恭然允诺，写有诗篇 26 章，大多出于沉芗手笔，受到名流的赞赏。

（四十）

新溪书院旧题名，

北栅桥西野竹横。

课士地从同善借，

未新讲舍集诸生。

新溪书院，在北栅桥西，但有基址，未构屋宇。每假
"同善堂"课士，近处有野竹一丛，俗呼竹筱里。

新溪书院

清乾隆五十三年（1788），平湖知县王恒捐资设立新溪书
院。院址在北太平桥（俗称北栅桥）西，竹筱里。后迁至张
熙河先生集资创设的同善堂（今第三工程队队址）内授课。
同善堂于咸丰十年（1860）毁于兵燹，书院又迁至镇西陈家
埭三官堂。光绪六年（1880），由沈玉书捐田建基址，未建屋
宇，后由蒋晓楼、郭照林等复捐田建院，但仍未建屋舍，借
用同善堂授课，即今新埭中心小学前身。

清光绪三十二年（1906），清廷"废科举、兴学堂"，新
溪书院改名新溪二等小学堂，在东、西、中三处分设。西皇
堂址仍在新西坊，借大慈禅寺（俗称三官堂）云溪上人所建
的三官堂为教室，以新溪书院原有田租、存款、膏捐为开办
经费。学堂由新埭镇绅士高清锷（字达庆）任堂长，他出资

兴学，捐田 12.97 亩，外募捐陆宝鈏田 7.19 亩，黄观澜田 19.05 亩，作为堂产，颇受乡亲父老、有识之士称颂。为巩固发展学堂，后由串票内年拨银洋 400 元为学堂常年经费。

当时按光绪二十九年（1903）"癸卯学制"规定，学堂分初、高两等学制，初级五年，高等四年，共九年，年满七岁的儿童均可入学，当时有学生 70 余人。宣统元年（1909），堂长由清锷同族高步云担任。宣统三年（1911），堂长由平湖当湖镇号称"西门才子"冯冰如继任。首届小学毕业生有周梅奇（周俊）、居士钦、高天一、李文燕和陆平等七名。

（四十一）

> 枌榆树老郁苍苍，
> 寿带桥边同善堂。
> 昔在溪南今溪北，
> 善人遗泽最绵长。

同善堂，旧在溪南。曾大父端揆公与张熙河先生，集资创设。兵燹后，先君子商移溪北，门前手植四榆。

同善堂

清代由曾端揆与张熙河先生集资创设于溪南（今新埭镇港南街中心校旁）。咸丰十年（1860），同善堂因战乱被焚，两君商议后重建于溪北，即今镇西寿带桥东边，堂前亲手植榆树四棵。同善堂在民国时被新溪书院和新溪小学（今中心校）先后借用，设低年级授课，抗日前后该堂被警察所侵占。四棵大榆树生长茂盛，有两人合围那么粗大。新埭沦陷时被日军破坏锯掉。新中国成立后同善堂遗址被三工程建筑队建房至今。

张熙河

张诚，浙江平湖人，字希和，号熙和。乾隆四十二年

（1777）举人，生平嗜义举，并为《平湖县志·王志》作序，子张湘任，字宗辂，号笠溪。有《婴山小园诗文集》《梅花诗话》《峨嵋山小志》。

（四十二）

石埠三条水一方，
渡船镇日往来忙。
行人争说钟驼子，
筑个凉亭傍野塘。

青阳汇，水港四通，渡船如织，三汇皆有石埠。里人钟驼子，捐建凉亭于东南汇，为行人憩息之所。

青阳汇

新埭青阳汇是上海塘众多拐弯中的一处。河面宽广，水流湍急，往来船只繁多。最早青阳汇是指北岸，后来，将南岸、北岸和西岸统称为青阳汇。以前，青阳汇三岸民众来往全靠渡船。三岸都有渡船停靠的石级河埠，人们上下渡船非常方便，唯独缺少候渡的凉亭。里人钟驼子为了让候渡人能避风遮雨，在青阳汇南岸建造凉亭，方便了渡口行人，使南岸候船人有了一个歇息的好地方。

青阳汇凉亭是一个四角凉亭，有四根石柱，四周环有石板凳，其顶四角上翘，木梁瓦盖。高3米，2米见方，面积约有5平方米。青阳汇凉亭建造时间无考。1996年1月30日，由平湖市人民政府发文批准撤销青阳汇渡口，结束了一百四十六年的渡船历史。此时凉亭尚存。2005年，水泥厂扩建时拆毁。

（四十三）

绿荷兜里绿波深，
闻说蒲牢水底沉。
夏日儿童群戏水，
偶然扪得又难寻。

绿荷兜，在新溪西六里。相传有巨钟沉水底，村儿夏浴偶摸得之，再索又无踪迹矣。

蒲牢

蒲牢，在古代中国神话传说中为龙九子之一，排行第四，平生好音好吼，洪钟上的龙形兽钮是它的遗像。原来蒲牢居住在海边，虽为龙子，却一向害怕庞然大物的鲸。当鲸一发起攻击，它就吓得大声吼叫。

人们根据其"性好鸣"的特点，"凡钟欲令声大音"，即把蒲牢铸为钟钮，而把敲钟的木杵做成鲸的形状。敲钟时，让鲸一下又一下撞击蒲牢，使之"响入云霄"且"专声独远"。

史书记载蒲牢

《文选》中汉·班孟坚（固）《东都赋》载："于是发鲸

鱼，铿华钟。"

三国薛淙《西京赋·注》曰："海中有大鱼曰鲸，海边又有兽名蒲牢，蒲牢素畏鲸，鲸鱼击蒲牢，辄大鸣。凡钟欲令声大者，故作蒲牢于上，所以撞之为鲸鱼。"后因以蒲牢为钟的别名。

全唐诗《寺钟暝》曰："重击蒲牢啥山日，冥冥烟树睹栖禽。"古时钟上多做兽头。

而到了明代，文人陈仁锡在《潜确类书》中，又将蒲牢明确为龙子："龙生九子，（皆）不成龙，各有所好。一曰蒲牢，平生好鸣，今钟上兽钮是其遗像。"

蒲牢传说

在明代，龙还被人们附会出了一个繁盛的家庭。龙在其形象形成史中，曾是由多面一，即汇集了多种怪异的兽形象而演化为龙。然而并非所有的怪异兽像都百川归海，纳入了龙像之中，在与龙形象形成、发展的同时，一些怪异兽象也在发展，并且在某一方面糅合了龙的某一种形象特征。因而有人又把二者联系起来。

在民间，很久就流传着龙生九子的说法，但是九子为何物，并没有确切的记载，然而这一公案却由于"真龙天子"的好奇而有了结果。据说一次早朝，明孝宗朱佑樘突然心血来潮，问以饱学著称的礼部尚书、文渊阁大学士李东阳："朕闻龙生九子，九子各是何等名目？"

李东阳仓促间不能回答，退朝后左思右想，又向几名同僚询问，糅合民间传说，七拼八凑，才拉出了一张清单，向皇帝交了差。按李东阳的清单，龙的九子是：

1. 蚣蝮（gōng fù）：性喜水，被雕成桥柱上的兽形；

2. 嘲风：喜好冒险，因而人铸其像，置于殿角；

3. 睚眦（yá zì）：平生好杀，喜血腥之气，其形为刀柄上所刻之兽像；

4. 赑屃（bì xì）：力大，其背亦负以重物，即今刻在石碑下的石龟；

5. 椒图：形状似螺蚌，性好闭，铺首衔环是其形象；

6. 螭吻（chī wěn）：平生好吞，即殿脊的兽头之形；

7. 蒲牢：平生好鸣，它的头像被用作大钟的钟纽；

8. 狻猊（suān ní）：喜欢蹲坐，佛像座下的狮子是其造型；

9. 囚牛：性喜音乐，其形为胡琴琴杆上端的刻像。

所谓龙生九子，并非龙恰好生九子。中国古代传统文化中，往往以九来表示极多，而且有至高无上的地位。九是个虚数，又是个贵数，所以用来描述龙子。

绿荷

绿荷，不是绿色的荷叶！绿荷是一种植物，它的定义如下：莲瓣与豆瓣杂交草，外瓣中部放角，紧边收根，瓣质厚，有透明质感。蚌壳捧，拢合。圆舌后卷，上有"U"形红斑，花姿端庄、舒展大方。

绿荷兜

兜，从字面上解释，是包围。

绿荷兜，河漾名，位于嘉善县惠民街道大通村南部，平湖市新埭镇旧埭村的西部。小河里因长满绿荷，花开时节，景色旖旎，故名绿荷兜。

这里碧波荡漾，惠风和畅。据说从前有一个巨大的钟沉在水底，每年夏天，村里的小伙伴就相约来到这里裸泳戏水摸钟，偶然能摸到沉钟，再摸，却不见了踪影。

（四十四）

碧湖三泖水茫茫，
都尉当年有赐庄。
三万琅玕刻诗句，
此中曾筑逸民堂。

"石庄"，在东泖滨，宋石都尉赐庄。沈氏世居此，名其堂曰"逸民"。有"琅玕隖"，种竹三万竿，每赋诗勒节间。

石庄

位于兴旺村，东起泖河，西至荷花池，即沈懋孝墓，北与豆腐跳板相连，南有寿文塘。东西不过三里地。

石庄名起较早，一说在宋代与宋代石保吉有关。明天启《平湖县志》记载："石都尉庄在东泖，宋江淮总管石都尉赐庄，有石田饲鹤，有石亭，有石总管庙，有石氏迹。《石庄记》云：三泖之上，大海环其外，仰而见天，天若弥峻，扶桑出日，江东暮云，往往可见之，缥缈色象间亦风清而局远矣。"另据《娄县志》云："考《宋史》，石保吉尚太祖女延庆公主，石端礼尚哲宗女陈国公主，石氏为马都尉者惟此二人，史称保吉家多财，所在有邸舍别墅，则此所谓石都尉者疑当属保吉……石都尉为官清廉，多惠于民，颇得民心，故后，墓葬于此。后民念其德，建石总管庙，供后人传颂，并以石姓名庄，后人也称石都尉庄。"明天启《平湖县志》又云："石总管墓在东泖石总管庙西，有石氏垅迹，田者常探出牌板，为学士欧阳元功笔。"二说石庄地处泖塘西岸，地势低洼，受潮水浸渍，不能耕种，称作石田，故名石庄。清陆增有诗云："水涨新痕草没堤，双溪桥接汉塘西；回澜一迳归东北，知是源流谷泖低。"而实际上，石庄石姓者较少，多为沈姓，以明代沈宏光家族为最大。

石庄沈氏

石庄沈氏自元代处士沈武康已侨居东泖（泖湖以东现为上海市地带）起已有好几百年的历史，传至明代，由沈溱从东泖迁至石庄，进行建设。又传至沈宏光进一步扩展元代杨维桢有诗云："天环泖东水如雪，十里西歌吹回；莲叶洞深香雾卷，桃花扇小彩云开。九朵芙蓉当面起，一双鸂鶒对人来；老夫于此兴不浅，玉笛横吹鹦浪来。"清文人陆增也有诗云："红桎黑蝶绕田间，落照清溪映晚蕖；镇日著书忘岁月，石家庄上沈家居。"

清光绪《平湖县志》记载："明沈懋孝《石庄小隐诗》：柴门临水豆花蹊，小汲携筒自灌畦；茅舍几家村落里，秋田三顷柘湖西；斜阳紫翠多深秀，秋晚风烟正惨凄；一领布袍先补绽，任他风雨只低栖。"沈瑞鏊《家园纪略》："三泖碧湖之隈，石庄古里，家园在焉，我曾大父两山公所筑也。公少有谊槩，晚乃留神元理，自比天之放民，不降不辱，老而愈厉，故名其堂曰'逸民'。堂之前卷篷延槛，三面施青帘，杂花相映。堂后有池，池前有山，曾大父与客弹棋轩上。遇日高微酡，抚槛唤鱼，鱼闻声而至。由后山，过小石梁，入归云洞,洞中多巧石,四壁森映。登山顶,有美人抱狮,峰甚雄奇。驻此,可望三泖。从西北绕出,山之背多青松碧梧,过此,又一衡门曰'琅玕坞',有竹三万竿,雷行雨过,新梢出云,每赋诗勒节云'泉声带月鸣秋夜,竹影拖烟弄晚风',又云:'竹林数子真吾党,头白能无了此生。'竹旁双渠相灌,列百畦甘瓜香芹之属,时摘鲜果以供客。由此出东,圃门有紫桂百枝,桂前有池,种碧莲花,故诗有'素蕖含露出清澜'之句,池上有来青亭,其前又有梅花坞、菊坞,故诗曰'青草小航寻栗里,黄昏淡月到林家'。由此入东廊,至小可轩,曾大父团蒲所也。自倭变以来,林泉竹树荒芜尽矣。两山之石累累,存者十之三云。"

东西石庄

古石庄有东西之分,即沈宏光长子沈懋孝(1538—1614)继承大宗,祠堂名学古,率子孙居住于庄之东部(东石庄)次子沈懋壮与兄合居,三子沈懋嘉,另立祠堂名种德,居于庄之西部(西石庄)。明代,倭寇自泖塘而上,频扰石庄,致东庄被毁,西庄虽也多次遭此劫难,然房屋尚存,且距泖河稍远,东庄沈氏族人因之惊而逃至西庄合居。清康熙年间,沈氏后人沈季友(1652—1693)合宗祠,修家谱,重建沈氏学古堂,此至晚清,还留有很多石庄古迹。后来,石庄历经几次战乱,沈氏后代分散而居,东西石庄先后消失。

石庄古迹已毁,几乎没有留下痕迹,知道石庄历史的人很少,就连"石庄"其名也只作自然村之名而留存,一段时间曾改称"石坊"。

水云庄夜色

（四十五）

小亭旧额记来青，
沈氏园林沧海经。
洞口归云渺何处，
碧莲花下问蜻蜓。

石庄沈氏园有"归云洞"，中多巧石。出东圃门，有紫桂百枝，桂前有池，种碧莲花，池上有"来青亭"。

沈氏花园

石庄沈氏花园为新埭私宅中最大最美园林之一。园内建有"归云洞"，内摆设名目繁多的奇石、巧石，出东圃门栽有紫桂百株，桂树前有"碧莲花池"，莲花盛开时，蜻蜓满池飞舞。池旁建有小亭，匾额题词"来青亭"。

（四十六）

碧草萋萋币地铺，
西花园已没平芜。
欲从野老沧桑问，
西谢池塘记得无。

西花园，在同善堂后。"西谢"，园林也，今废。

西花园

西花园建于清代，园址在寿带桥（俗名砖桥）东首，同善堂后面。程浣花书屋建于花园内，匾额题词"三间草堂"，有"三间草堂"纪事文碑，清解元徐辛庵设帐于西花园中。园内环境优美。有亭台楼阁、池塘，今废。

西谢园

西谢园建于清代，园内碧草满铺，有家祠，建有翠柏亭。亭前有池，栽有多种荷花，池旁栽莳竹，绿树蓊郁，数百年的两株雌雄银杏耸入云霄，古称"宝树"。景色宜人，遗址在镇西混堂浜，今建自来水厂。

（四十七）

百尺高柯浥露浓，
谢家银杏郁葱茏。
行人识得雌雄树，
连理枝头欲化龙。

谢氏园中银杏两株，数百年物也。人以大者不结实为雄树，小者结实为雌树。

银杏树

银杏树被誉为植物王国的"活化石"，是世界上现存最古老的树种之一。

银杏树为高大落叶乔木，躯干挺拔，树形优美，抗病害力强、耐污染力高，寿龄绵长，几达数千年。它以其苍劲的体魄、独特的性格、清奇的风骨、较高的观赏价值和经济价值而受到世人的钟爱和青睐。唐代诗人王维曾作诗咏曰："文杏栽为梁，香茅结为宇，不知栋里云，去做人间雨。"宋代大诗词家苏东坡有诗赞曰："四壁峰山，满目清秀如画。一树擎天，圈圈点点文章。"

银杏树的初期生长较为漫长，并且萌蘗性更强。银杏树分为雌雄株，雄株不结果，而雌株一般要在生长到二十年以后才开始结实。银杏树一般在3—4月开始萌动展叶，4—5月开花，并在9—10月种子成熟，10月以后开始落叶。

（四十八）

方池一水漾清泠，
波影空涵翠柏亭。
宝树堂前人似玉，
月华飞上碧纱棂。

　　谢氏"宝树堂"后园有"翠柏亭"，其家祠也。祠前有方池。

翠柏亭

　　谢氏园是当年谢氏居住的地方，内有三间土木结构平房。门柱上有楹联曰："古柏常留苍翠色，小亭先是谢氏居。"

　　后园是谢氏家族祠堂，前面有一个方池，年年荷花鲜艳，碧水清泠。两棵高大的数百年银杏树倒映池中，景色旖旎。银杏树旁边有一个翠柏亭，四周栽有苍劲的翠柏树。

　　宋代吴中复西园十咏《翠柏亭》曰："众林坠黄叶，皱皮抱翠枝。自然根性在，不为雪霜移。灵润承多露，清阴贯四时。婆娑岁寒意，每到坐迟迟。"宋代宋祁有诗《柏树》曰："翠柏童然杂花间，簿书余暇独来看。不须更共春葩竞，留取青青待岁寒。"

　　遥想当年谢氏闲暇时，捧上一本书，伫倚亭中细细读，听莺声燕歌，风语微微，看苍松翠柏，生气荣荣，此之间自是一番别样滋味。

（四十九）

秋声瑟瑟起河干，

夜读书时小阁寒。

想见当年拙庵叟，

栽花莳竹此盘桓。

"秋声阁"在新溪西。陈宪生先生别业，今废。光绪乙酉（十一年·1885），先君子得一碑石，乃云间赵孟贤书先生《秋声阁记》。

陈宪生

据《平湖县志·彭志》载：陈国政，字宪生。读书元（圆）珠寺，娄东张太史溥雅重之。顺治庚子岁贡入都，宝坻杜文端当国，慕其名，延为子师，终老名场。晚而归里，于所居之南构三非圃，起秋声阁，栽花莳竹，啸咏其中，二十年不入城市。有《陈子古业》二卷、《诗集》二卷。

（五十）

> 东望灵溪景物滋，
> 青阳汇畔水分支。
> 春来一带垂杨柳，
> 绿到窑滩陆氏祠。

灵溪陆氏宗祠在窑滩，祀宋进士陆能仁等。

窑滩

凤凰基西边的窑滩是陆氏灵溪支世居的地方，也是陆氏灵溪支的发源地，那里曾是高墙数丈，楼群无数，面积较大，一般百姓望尘莫及，不能入内，直到现在还有其痕迹。从前，灵溪支陆氏还有很多田产，长期支持着其后人的生活，几百年，甚至上千年，都是灵溪陆氏后人生活依靠。清代后期，灵溪陆氏开始败落，而其祖宗留下的产业较大，一些田产和房产依旧，可供陆氏后代长期享用。凤凰基与其附近的陆氏家业更为明显，窑滩的陆氏旧居和粮田、凤凰基南侧地园浜的陆氏花园、凤凰基的陆氏坟墓和祠堂，这些既是灵溪陆氏显赫的标志，也是灵溪陆氏败落的见证。陆增又有诗云："花园港接地园浜，故老犹堪辨主人；万紫千红悲落寞，芳菲又见别家春。"且注："花园、地园在灵溪南，旧属陆氏世居，园林花木久废。"

逝者如斯夫，往事越千年。窑滩、凤凰基、鹤啮泾如今有了很大的变化，已今非昔比。实际上，在晚清时期就有了很大的变化，陆增有诗可证："溪水淤泥月影孤，溪头老树辨荣枯；鹤啮泾口鹤飞去，盛荷浜里荷花无。"现在的凤凰基是：排排民房楼阁高，条条马路农家通；粮田成片水泾直，不见荒坟与旧滩。那过去的云机饲鹤、陆坟宗祠、凤凰甘露都已烟消云散，几乎无迹可寻。但窑滩凤凰基、鹤啮泾依旧三地相连，可谓一地，其地名依然如故，那里的人们都姓陆，都是灵溪陆氏的后人。

陆能仁

陆能仁，宋咸淳进士。以伯颜（元兵统帅）兵乱，与族父霆龙隐居灵溪。今其地有陆高士墓，子孙遂为邑人。

（五十一）

坊名尚义仰崔巍，
遐想高风倍溯洄。
陆氏祠堂留世德，
玺书褒美为疏财。

陆氏"世德祠"，在石牌泾。祠有尚义坊，明正统（英宗1436—1449）间，为陆宗秀立。宗秀出粟赈饥，敕书褒美，表其门曰"尚义"。

石牌泾

石牌泾古称石溪，在惠民街道大通村，在石溪桥以东今平湖新埭辖区的河段，还分称为戈溪和灵溪。包括石溪在内，历史上称华亭（新埭旧称）三溪，是旧时从新埭到郡城（嘉兴）舟楫往来最便捷的通道之一。石溪在明代中前期由于建立石牌坊（名尚义坊）而出名，后称作石牌泾被载入史册，成为一处颇有传奇色彩的地方，其文化内涵非同一般。

明天启《平湖县志》载："尚义坊奉敕为义民陆宗秀立，仕石牌泾。"

陆氏望族

在历史风云中，陆氏家族历经了兴衰起落的变幻。到了唐代，原已衰落的陆家出了陆贽，年方十八高中进士，二十年后出任当朝宰相，以秉性贞刚著称，是我国历史上有名的贤相，人称陆宣公。以宣公为宗的陆氏门庭从此显赫荣耀，家业兴旺，族系子孙名人辈出。到宋代，陆氏庄园因建宣公祠而正名为陆庄，其名盛传太湖南北，成吴地名胜，曾有无数省内外名士贤达、文人墨客到此瞻仰览胜。到明代，在丽字圩东南与之相隔仅十多里的石溪，由陆宣公后裔分支居此，成为陆氏家族的又一处聚居地。

陆宣公第二十世孙陆宗秀（1380—1452），名实，继承先业，拓展田地经营，在石溪一带拥有大量田产和大宅，富甲一方。陆宗秀一生虽无功名，但见识广、明事理、识大体，为人诚实，心地善良，不但在乡间广受尊崇，而且在上流社会也有良好的人际关系，是当时有声望的一位贤良，被尊称为征士郎。明永乐二十二年（1424），皇帝传诏纳谏，陆宗秀受地方官府和社会名流的推荐，随当时二十三位贤达进京面圣。陆宗秀以江南乡绅特有的风度，穿着一身带有石溪人乡土衣装式样的棉布袍服，头戴方巾，引起仁宗皇帝的注目，钦点上前问话："如何则天下太平？"陆宗秀叩首回曰："皇帝亲贤纳善，大臣秉公持正，天下自然太平。"话语间有节有礼，举止不凡，皇帝大悦："好言语！"当即赏赐。

陆氏传扬德义，石溪人和地利为人称颂。清代文人沈步清有诗曰："元日乡村爆竹连，檀溪响应石溪偏；醵钱浇著田蚕好，岁岁官书大有年。"

乡绅义举

明正统五年（1440），全国遭受严重自然灾害，民不聊生。看到这幅情景，陆宗秀心情沉重，决定捐出自己家中积蓄的稻谷二千四百六十石（184.5吨），麦子四百六十石（34.5吨），以助赈灾济民。皇帝闻悉，特降敕奖谕，并亲笔御书"尚义"二字，赏赐立牌建坊。从此在石溪河畔，陆宗秀大宅门前竖起一座铭记功德、彰显皇恩、用石材雕凿筑成的石牌坊，称"尚义坊"。明天启《平湖县志》载："皇帝敕浙江嘉兴府平湖县民陆宗秀，国家施仁养民为首，尔能出谷二千四百六十石，麦四百六十石，用助赈济，有司以闻，朕用嘉之，特降敕奖谕，劳以羊酒，旌为义民，仍免本户杂泛差役，尚允蹈忠厚表励乡俗，用副朝廷褒嘉之意，钦哉，故敕，正统七年五月二十五日。"在明代初期至中上期，全国自然灾害频发，上至朝廷，下至地方官府，为了防止饥民麇集、乞丐游食，影响皇权统治，对抗灾救灾曾做出过多种规定，采取多种恤政措施赈灾济民，其中动员和鼓励缙绅地主捐献是重要措施之一。

当时富户、豪门和绅士可谓数不胜数，但像陆宗秀这样深明大义，如此大度放粮济民的典型事例不多。因此，陆宗秀此举不但爆闻朝野，而且还惊动皇上，得到立牌旌表，这在当时是何等的荣耀。自从有了石牌坊，华亭三溪中的石溪，便被唤作石牌泾至现在。

获得如此殊荣以后，作为陆宗秀本人也意识到自己身价更不同于以前，更加严以律己。不但注意自己的一言一行，还订立家训，要求整个家族人员循规守训，世代永护"尚义"，上不负天子，下不负子孙。为了严肃族规与家法，继订立家训以后，陆宗秀又在自己的宅院旁建造一座祠堂，名曰"世德祠"。明天启《平湖县志》载："世德祠在石牌泾，奉敕建尚义坊。春三日，宗人肃衣冠恭宣圣谕，诵家训，行拜贺礼。"

后辈效仿

陆宗秀有四个儿子，因受父亲影响，个个崇尚德义。长子陆珪（1416—1483），字廷玉，号山辉。性格很像父亲，以性情仁义、虚心好学、修己乐群闻名乡里，与乡邻乡亲真诚以待，曾经代缴一个地方的税赋，为穷苦百姓释负减重。

明宣德五年（1430），平湖从海盐析出建县，设官学（旧时教育机构）建学馆，陆珪独家出资建造其中的主要设施大成殿，同邑绅士沈昊出资建造偏殿，受到平湖知府罗荣的赞赏，并设宴祝贺道："愿两家世世代代衣冠不绝。"知县的一句即兴祝词果真应验，以后两家连出精英，陆珪有四个儿子，其中幼子陆銀一门后代，在以后一百六十多年间出了十位进士、四位尚书。

明景泰六年（1455），当地遭受灾荒，粮食紧缺，疫病泛滥，连下年再生产必备的粮食种子都全吃空用尽。陆珪与弟陆瑜拿出数以千计的粮食种子分给种地农民，还给贫苦的疫亡者买棺入葬。翌年又灾，而且更严重，饥民颠沛流离。陆珪与三个兄弟陆璲、陆瑜、陆瑾一共拿出5000斛（1斛约5斗或更多一点）粮食赈灾，受到官府表彰，并上报朝廷。皇帝闻报，即诏见陆珪四兄弟，并设御宴款待，还封陆珪为迪功郎。

陆錤（1441—1498），字克潜，号仰山，明成化己亥年（1479）由贡生授广东省程乡县知县。程乡县地处山海偏僻，常有海盗出没扰民劫财，百姓深受其害。陆錤到任之时，左右均建议：应立即剿寇以安民心。陆錤分析了当时该县的情况，并未急于剿寇，而是以风顺好升帆的想法，先治官衙风纪，勤政廉洁自守，唯百姓之事为大。然后，像父亲陆珪那样崇文重教，到任不久就开办学堂，教书育人，用礼法道义激励诸生；并效仿前辈讲求道德和信义，有言必行，身行力作；还时常到民间嘘寒问暖，疏财温恤贫寒，以此赢得民心。一年以后，招募乡勇，编伍训练，待形成战力后不时出击剿之，捕杀盗贼近千，令远近盗贼闻风丧胆，以后再也不敢妄犯。陆錤在程乡县为官十九年间，地方安定，民风甚好，深受同僚敬服，百姓爱戴。后因母亲逝世，告假回乡，数千百姓垂泪相送。由于念母深切，悲伤过度，卒于奔丧途中。在陆錤遗留的行囊里除仅够凑合的盘缠外，别无分文，靠好心人帮助才得以棺殓归乡。

移家东迁

　　自从建立尚义坊后，石牌泾的陆氏家族更是家大业大，人丁兴旺，衍生的家庭越来越多，宅院和田地也逐渐从尚义坊和石牌泾向外散迁。

　　陆溥（1457—1517），字文博，号静庵，陆珪孙子。从小在石牌泾长大，成年后以贡出例员生授上海县丞，后调任江西丰城县（漕粮）督运。出于用心、认真的办事风格，陆溥经常亲自坐船领运。一次夜间，漕粮船行至鄱阳湖途中，忽起风雨，迷航触礁，顷刻船漏如注，在漫无边际、漆黑一团的湖面上，眼看一场船覆人溺的事故就要发生，正处绝望无助的境地中，船突然漏止，航行安然无恙。待天明船靠岸后查看发现，有三条被水草裹着的鱼正好钻进了船底的裂口内，才堵住漏水，转危为安。明天启《平湖县志》载："陆溥，邑诸生，以资授上海县丞，调丰城督运，夜过采石矶，舟漏，溥跪祷曰：舟中一钱非法，愿葬身鱼腹。祷毕漏止，天明视之，有三鱼裹水草塞漏。寻以亢直罢官归。"正德年间，陆溥辞官还乡，在尚义坊宅院内创立三鱼堂，以志前事。清光绪《平湖县志》载："三鱼堂在尚义坊。明丰城丞陆溥筑。"有了尚义坊和三鱼堂，不但为石牌泾带来了荣耀，还使石牌泾更增添了灵气，华亭三溪和西泖诸地无人不晓这里有条石牌泾，无处不有关于石牌泾的传说和三鱼堂的奇闻。

尚义坊从陆珪这一代开始，陆家大宅已不单只石牌泾一处了，在尚义坊以东相隔不到半里的大通桥畔已建起新的大宅院，称东院。到陆溥这一代，有多半田产已置换到石牌泾以东的戈溪一带，因此戈溪也称东石牌泾（或称旧陆家埭，即旧埭）。后又越过戈溪至灵溪（也称新陆家埭，即新埭），住宅随之也从旧埭向东迁移至新埭，并在华亭最北部的泖口（也称西泖口）地域置有许多田产，陆溥十分看好该地的地理和水势。因为泖口处于多条河流交汇之地，东临河面宽阔的胥浦塘，是水宽任凭鱼儿跃的好地方，能把三鱼堂搬迁于此，既包含对"三鱼"报恩的深意，又寓意陆家承前启后，子孙发达，世代传德义、护荣耀，像浩荡之水，长流不竭。因此，到陆溥儿子陆东这一代定居泖口以后，三鱼堂也迁建于此。清平湖《王志》载："溥筑堂尚义坊，颜曰三鱼，后子孙移家西泖口，仍以三鱼堂名。"

文人咏歌

到明代中期，石牌泾的陆氏人家，一般小户有原地定居的，也有陆续散居各地的；大户只剩在大通桥边的一家墙门，其余已基本全部迁离。

尚义坊、世德祠也在历史的风雨中圮废。但石牌泾的名称没有改，石牌的风貌没有变，石牌泾人勤劳、诚实的品格和忠义、仁爱的道德精神没有变。

明代后期，石牌泾地域发达致富的异姓庄户人家也多了起来。据传，南有金姓人家，北有纪姓人家，东有胡、杨、李、谢等。石牌泾与卖盐港的汇合处集中了陆、胡、李、杨四家墙门大户，沿河建有商铺，形成集镇模样；北有纵卧石牌泾的石板桥，名石溪桥；中有横跨卖盐港的三孔石级桥，名大通桥，该桥于清乾隆六十年（1795）同里募款重建。后桥畔商业渐兴，经济与文化日趋丰富和繁荣，各地文人墨客纷至沓来，游乡赏景，追忆旧事，留下传世诗作。

清·陆增有《鹦鹉湖櫂歌》诗曰："（一）石牌泾里话沧桑，遗址惟看尚义坊。一代中兴从此始，八貂世泽后先扬。（二）丰城漕运向都京，忽遇狂飙巨浪生。感念三鱼神护佑，筑堂泖上世称明。"清时枢又有《鹦鹉湖櫂歌》诗曰："燕梢双浆入清渠，尚义坊前反照虚。为问当年督运者，缘何舟漏得三鱼。"

石牌泾与戈溪、灵溪之水，受胥浦感潮不大，夜间虽有水位落差，但白天多平潮状态，水流平稳，极宜坐船闲游。曾有不少文人备船或雇船往返于石牌泾至新溪（新埭）或石牌泾至钟溪（钟埭）之间。乡村虽无城池之华、市廛之繁，但风物郁勃、生机盎然，水乡的秀丽景色沁人心脾，在文人的眼里更有着看不够的斑斓、抒不尽的情怀。从石牌泾石溪桥口出发，经卖盐港，往南拐西，过大乘寺（位今平湖辖区，早废）、芦泾桥、双石桥（今惠民街道大通村双溪集镇）等到钟溪，行船悠荡在曲折蜿蜒的小河中。过了小桥又村庄，两岸的翠竹、树荫、农作物以及灰瓦白墙，样式各异的农家居舍和炊烟，恰似一幅水乡画长卷，尽收眼帘。舟中文人陶醉其间，心旷神怡，感慨万千，遂以诗作游记，抒发感情。

清戈士英作《谢村》诗曰："绿波春水绕柴门，远望人烟又一村。指点舣舟杨柳岸，梨花满地月黄昏。"

稼书苑

（五十二）

> 文昌宫殿起平皋，
> 上有魁星阁更高。
> 记取复庵东畔路，
> 瓣香岁岁集文豪。

文昌殿，在复庵东，内有"魁星阁"，诞辰士人纷集。

文昌殿

新埭镇中心小学校址所在地（原复庵）东侧，有清代文人雅士发起建有文昌宫殿宇三楹，殿内有"魁星阁"。每年文昌君诞辰日，乡贤雅士不约而同纷纷集会，可惜文化古遗址因年久失修和战乱夷为平地，已无踪可寻。

文昌帝

《辞源》载：文昌帝君即梓潼帝君，相传姓张，名亚子，居四川七曲山，在东晋（317—420）时任官清廉。后因战乱而死，唐宋年间封为"英显王"，元仁宗延祐三年（1316）封为"车开化文昌吏，禄宏人帝君"。道家谓玉帝，梓潼掌管文昌府及人间功名事宜等，因此，又称梓潼帝君，在清代新埭众多文人雅士十分崇拜文昌君。据传当时曾创作文昌帝君

"百字铭"，其铭文在诸多古训、名言，较为少见，这是乡贤智慧的浪花，有着深刻的现实意义和启迪，值得一读。现摘录于后：

> 寡欲精神爽，思多血气衰。
> 少杯不乱性，忍气免伤财。
> 贵自辛勤出，富从节俭来。
> 温柔终有益，强暴必招灾。
> 正直真君子，刁唆是祸胎。
> 暗中休放箭，巧处藏些呆。
> 养性须修善，欺心枉吃斋。
> 伦常勿乖舛，族党要和谐。
> 安分身无辱，防非口莫开。
> 畏天存一念，灾退福星来。

以上百字铭，文字俭约，五字一名，二十句，一百字，易记能诵，它概括了人生在生活、生产、社会交往、人情世故、个人修养等方面应遵循的原则和唯物辩证关系。此铭文昔时曾被不少文人墨客推崇和喜爱，爱好书法者抄录做座右铭，挂于床头厅室，获益匪浅。

（五十三）

西关帝庙近文昌，

侍御当年慨解囊。

杰构峻嶒今寂寞，

丰碑犹自立斜阳。

西关帝庙，在文昌殿东。明隆庆年间（穆宗1567—1572），御史曹光捐资独建，并撰碑文。今庙毁碑存。

西关帝庙

西关帝庙位于新埭集镇市河南岸，西有曹御史宅基，东有东栅桥，北有万福桥（今为市河）。

西关帝庙，建于明代隆庆元年（1567），由里人曹光御史捐资建造，并立碑撰文。西关帝庙与其他地方的关帝庙相仿，殿内关羽塑像成坐状，青巾绿袍，红脸黑须，丹凤眼睛，卧蚕眉毛，气宁轩昂、威风凛凛，一手拿书，一手拂须，聚精会神，看阅兵法；旁边周仓塑像，一手牵马，一手紧握82市斤的青龙偃月刀一"冷艳锯"，神定自若。因关羽有武财神之称，故常午案前香烟袅袅，香客络绎不绝。

新中国成立后西关帝庙还在，后来庙宇被毁。

（五十四）

唐家浜口水潺湲，
白板桥西绿树环。
东市犹存关帝庙，
平分东岳屋三间。

东关帝庙，在唐家浜口，昔与东岳宫毗连。咸丰庚申
（十年·1860）燹毁，今建屋三楹，为东岳宫，左祀武圣。

东关帝庙

东关帝庙位于新堰集镇中市，唐家浜西边。东为填平的
唐家浜，西与源会桥相距不远，南是三里塘（市河）。

东关帝庙所建年份不详。清咸丰十年（1860），被太平军
所毁。当时，庙内关帝像被丢在河中，随潮水浮至新堰西北
张坟头，被居住在那里的倪老纪（倪经才的曾祖父）发现，
倪老纪三次用竹竿推关帝像至河心，但三次均无效。之后，
他就捞起关帝像，在一块空地上搭起简易棚，把关帝像放于
其中，当地百姓得知后，纷纷前来烧香，香火特别旺盛。三
年后，太平军败走，倪老纪把关帝像送至东关帝庙，并与众
人重修庙宇。倪老纪活至80岁，当时，实属罕见。

东关帝庙建筑面积并不很大。民国时期，东关帝庙内曾
设民众教育馆和中心小学分部，庙内神像犹存。新中国成立

后，也曾为学校，但在 20 世纪 50 年代后期，庙内关帝像被毁。80 年代，镇办企业塑料制品厂在庙宇内生产各种塑料制品，后歇业关闭。现在，庙宇建筑尚在，而庙内设施全无，有新居民居住。

（五十五）

破晓行来西市西，
陈家埭上屋檐低。
城隍庙里烧香早，
残月一钩乌自啼。

城隍庙，在寿带桥西陈家埭。规模宏敞，前有戏台。

城隍庙

城隍庙位于新埭集镇西端陈家埭，庙内前埭有施王庙，西有大慈禅院（俗称三官堂），东有寿带桥，南即三里塘（市河）。

城隍庙始建时间较早，在明代以后曾几次重修。陆光祚《重修城隍庙记》称："古称恤民必自敬神始，盖一念虔，则百事理，其畏威守法、济人利物之心触处斯兴耳。国朝郡邑在有城隍庙，长贰莅官，初心肃祀，举官之贪忮当降罚，惠爱当赐福者，斤斤然对神以誓，旱涝疾疫必祷于其所，期以弥灾泠迎休瑞，此昭昭在令典，有司者之当务哉。……民藉神以安，敬神如此，民其安哉……"《王志》载："明洪武元年，加各城隍封爵，府曰公，州曰侯，县曰伯。三年，去封号，改称某府某州某县城隍之神。国朝因之，惟知县得奉祀，以故俗呼邑庙，若乍城建在析邑之先，立庙分祀，似也。至新带、新仓士人并设城隍庙，则近于谄矣。"清代，城隍庙保存较好。

城隍庙是新埭集镇最大的庙宇。城隍庙规模宏大，占地面积两亩，建筑分为三埭。前埭是带楼三间，有施王殿和萧何殿，中间是大门，门上有门神像，大门后方有面向北的戏台，东间为道子间，内有道牌、韦驮和城隍行身，西间为轿子间。过前埭是天井，天井中间有一两层铁制大香炉。两边是厢房，东厢房塑有魔家四弟兄，也称魔家四将，即魔里红、魔里青、魔里寿、魔里海，西厢房塑有无常等。过天井是正殿，大殿内塑有城隍坐姿神像，城隍左前方架有大铜鼓和大铜锣，右前方放置了一排兵器；城隍西侧塑有四大金刚，一个拿伞，一个擎蛇，一个握剑，一个弹琵琶，个个咧嘴瞪眼；东侧有黑无常、白无常、判官等塑像。大殿后面是几间小屋，为城隍庙的伙房和柴屋，内有黑色神羊两只，自由出入庙宇，无人敢碰。

城隍庙前还有几棵粗大的柏树，二人才能围抱，在当时是很少见的。新中国成立初期，城隍庙被征为粮库，庙内设施被毁，庙内神羊也只存一头。据传那头神羊非常神奇，自己上街游荡，甚至单独走上平湖至上海的轮船，傍晚再随轮船返回，到20世纪50年代后期，神羊神秘消失。"文革"前期，城隍庙被全部拆除，门前柏树也被砍伐。后来，城隍庙宅地已成为粮库。

（五十六）

庙貌巍峨真武宫，
旧时楼在市当中。
而今不见危楼峙，
只见高桥对面通。

真武宫，在新堡中市，旧有楼，临街高耸。咸丰庚申
（1860）爇毁，今祇平屋三楹。

真武宫

真武宫也称杨王庵或祖师庙。位于新堡集镇永阜桥北堍，
包家桥西面，南临后新街，西与徐家宅一墙之隔，东临西落
北港。

真武宫，是道教信徒专门用来传道的场名所，并长期接
待云游而来的道士。进入民国后，当地没有真正的道士，真
武宫被尼姑所占，成为尼姑庵。建筑面积约80平方米，共三
间平房，即正殿和两间禅房。内塑黑脸杨老爷、祖师像等，
并有尼姑二人常年在内吃斋念经，香火清淡。

新中国成立初期，放置一些消防设施。不久，庵内神像
和其他设施被毁，二尼姑也随之出走，庵内佛事从此消失。
20世纪80年代，拆除老建筑，改建成新堡邮电局。

真武宫旧址

（五十七）

僧亦参通仙佛缘，

纯阳殿里拜神仙。

云溪长老忽西去，

不向邯郸借枕眠。

纯阳殿，在大慈禅院西，僧云溪建。

纯阳殿

纯阳殿，四川省峨眉山赤城峰下的宗教建筑，原名新峨眉观、吕仙祠。本是一处道观，供奉八仙之一的吕洞宾，后重修新殿及静室香厨供奉大士、弥勒，遂成为佛教寺院。纯阳殿作为道教宫观时，有吕洞宾立、坐、卧三种不同姿态的塑像。

吕喦（796.5—?），或作吕嵒、岩，字洞宾，号纯阳子、岩客子，自称回道人，以字行世，世称吕洞宾，唐代河东蒲州河中府（今山西省运城市芮城县永乐镇）人，道教丹鼎派祖师、妙道天尊。吕洞宾师事锺离权，后曾传道予刘海蟾及王重阳，被道教全真道尊奉为"北五祖"之一，是民间传说中"八仙"之一。民间称他为"孚佑帝君""吕纯阳""纯阳夫子""恩主公""仙公""吕祖"等。吕洞宾也是"五文昌"之一，常与关公、朱衣夫子、魁星及文昌帝君合祀。

据《列仙全传》对吕洞宾的外貌描写：生而金形木质，道骨仙风鹤顶龟背，虎体龙腮凤眼朝天，双眉入鬓颈修颧露，额阔身圆，皇梁耸直，面色白黄，左眉角一黑子，足下纹起如龟，身长八尺二寸，喜顶华阳巾。

吕洞宾在中国民间信仰中占有重要地位。中国民间流传有吕洞宾三醉岳阳楼、度铁拐李岳、飞剑斩黄龙等故事，其形象广泛深入中国民间，妇孺皆知。全国各地广建吕祖祠庙，岁时祭祀，香火不断。

相传吕祖诞辰为农历四月十四。每年的这个时候，全国各地的纯阳殿都会举办道观文化庙会，祈求国泰民安、五谷丰登、六畜兴旺、无病无灾。

（五十八）

施侯庙里两重阶，
阶石青青滑似揩。
旧是儿童嬉戏地，
打毽须著踏青鞋。

施侯庙，在万寿桥西。青石为阶，光滑如镜，儿童打毽抛毽，嬉戏其中，今毁。

施侯庙

施侯庙亦称施王庙，是新埭人本庙，是为了纪念施伯成而建。

清乾隆王恒《平湖县志》载："施王，宋时嘉兴人，名伯成，九岁为神明，敕封护国镇海侯，当时，按邑各乡镇皆立施侯庙，谓主毒蛇，香火甚盛。"

因此，在本邑，有许多地方专门建立施侯庙，一些没有建造施侯庙的方圩在其本庙内也都塑有施侯像，以示敬仰和纪念。

清代监生张云锦（1704—1769）有诗云："只有施王许愿殷，年年八月把香焚。红妆越境何人省，不向新丰即大云。"且注："施王诞在八月，无论大小人家，必至新丰镇（平湖西边，嘉兴境内）及大云寺（大云寺较大，在钟埭西端与嘉善县交界处，嘉善县境内，与钱状元墓相距不远。现为旅游胜地。寺内设施王报恩堂）烧香。"

施侯庙建造年代在宋代。民国时期的施侯庙占地面积约有一亩，其建筑虽然有前后埭，但都是三界梁房屋，前埭有三间，后埭也有三间，中间为天井。后埭是施侯庙的正殿，塑有几尊佛像。

新中国成立初期，施侯庙保存完好，香火旺盛。农历三月初五为老爷出位日，每年有两次老爷出位。百姓迎位时，有多人扛抬施侯老爷塑像，共停留五处，热闹非凡。

鱼圻庙

施侯庙在新埭，另外还有一座，那就是被当地老百姓称作"米香戏苑"的鱼圻庙，也是为了纪念施伯成而建。

鱼圻庙位于新埭镇牌楼村9组，距坍奉牌楼500米，东南有油车浜，西南有袁家坟，北有泥塘泾。

"米乡戏苑"和"鱼乡戏苑"文化牵手，鱼圻庙和鱼圻塘大蜡烛庙隔河守望。

鱼圻庙初建于宋代，起初并不大。后来，经过几百年来的多次修建，才逐步扩大，到民国初期，占地面积（包括围墙和院子）约2000平方米，建筑面积约800平方米，香火极其旺盛，在当地很有名气。鱼圻庙门前曾有五棵非常大的榉榆树，最大的要三人才能围抱，1958年被毁。"文化大革命"开始后，鱼圻庙被拆毁。

1989年，当地香民自发重建鱼圻庙，建成后，其规模较大。后因此庙建造未被批准，做老年活动场所之用。

鱼圻庙

（五十九）

> 土谷神祠古渡旁，
> 夕阳影里渡船忙。
> 野航未到新溪市，
> 先过溪南汪德坊。

汪德坊土谷祠，在青阳汇西南，祠东有渡船。

土谷神祠

土谷神祠又称英烈侯庙，当地人也称汪东坊庙，位于汪东坊（也称汪德坊），现为牌楼村东面。东临上海塘（东溪塘），西与指挥坟相距不过二里，南有任家堰，北有唐家浜。

英烈侯庙在清光绪《平湖县志》上有记载，但没有注明为纪念何人，也不清楚是何年代建造。早先，建造这样的英烈侯庙必定要在庙中或旁边建立土地祠，土地祠常常占地不多，不超过三间，而且是很小的三间。所以，当地人称英烈侯庙为土地祠，很少有人知道英烈侯庙，或者根本就不知道英烈侯庙这个名。

新中国成立初期，土谷祠香火旺盛，庙内常住十多个和尚，佛事繁忙，前去烧香的人很多，这些人称自己的本庙为汪东坊庙脚。"文化大革命"时期，土谷祠被毁。后在庙址上简单搭建，但没有重建。

（六十）

庙指鱼圻六里遥，
秋来报赛集尘嚣。
田中插遍莲花炬，
十丈光芒火树摇。

鱼圻塘社庙，在新溪东南六里。九月，迎神演剧，远近咸集。俗以大烛敬神，因称"大蜡烛庙"。

大蜡烛庙

鱼圻塘位于华亭乡二十三都（今新埭镇东南六里），是距今已有八百多年闻名遐迩的水乡小集镇。

大蜡烛庙始建于南宋绍熙二年至庆元元年（1191—1195），始建时仅小庙一楹，名鱼圻塘庙，香火旺盛。时至嘉靖年间，小庙毁于倭寇；清咸丰十年（1860），战事频繁，小庙又毁于战火。清末民初，由僧巡游化缘集资重建两进殿宇三楹，方砖铺地，天井内铁铸香炉，庙内桂树飘香。逢年过节，烛光通明，新埭镇上和鱼圻塘小集镇、商铺张灯结彩，粉饰一新，迎接鱼圻塘庙会，迎神演剧。每值此期，新埭镇上巨商、名流挨户摊派向各商界集资，推举经办人员分头向南京、上海、湖州等地邀请京剧名班来鱼圻塘搭台演戏，游客观众无须付钱购门票，庙会从农历九月初八到初十，会期三天。四乡八镇闻风而来，新堽镇上和鱼圻塘庙四周小港内舟楫云集，河塞难通；各家农户杀猪宰羊，邀请至亲好友前来吃酒看戏；各地商贩云集庙场，设摊经商，马戏、杂耍、西洋镜、搓洋片艺人纷至沓来，演艺献技。远近香客和观众游客来此进香祈福。其间，有一上海香客送来大蜡烛一对，重量达200市斤，观众惊叹称奇。因该庙每年在九月迎神（俗称老爷出会）、演京剧，俗以大烛敬神，故称大蜡烛庙。

民国时期，鱼圻塘迎神、演剧等民间文化娱乐群体集会盛况不减当年。有几年长福寺、界泾堰、城隍庙、青阳汇等寺庙同时举行庙会，观众们何去何从举棋不定，只能是以近为近，就地欣赏，庙会日游人数均逾万人以上，高峰时竟达1.5万人之多。观众和香客除四乡八镇打扮入时穿着漂亮的姑娘和城乡居民外，上海、青浦、苏州等外地香客也纷纷前

大蜡烛上央视

来赶兴致、看戏、购物，"轧闹猛"，盛况空前。

为什么鱼圻塘庙会演剧会如此盛行？一是昔时人民群众普遍文化水平不高，人的一生中生老病死不是靠科学去求医问药，而是祈求神灵保佑，企盼消灾祛病、五谷丰登、六畜兴旺。一有病就去求神拜佛，信迷信、求签、卜卦、问巫婆、吃仙方（香灰），这是一种愚昧的举动，是不可取的。

二是庙会是民间一种传统群体聚会的旷野文化娱乐和物资交流大会形式。集会期间，可以会亲友、谈家常、通信息，其次方便农民上集销售农产品、购置生产生活用品，促进城乡经济繁荣，有利工农业生产发展。

三是鱼圻塘庙会有其特殊性，小庙内供奉的人称刘千岁，是何神？据史载，是一位南宋时期的抗金名将。姓刘名锜，刘锜生于北宋大观戊子二年（1108），德顺军旅出身，官至江南东路副总管（相当于今副省长级职位），南宋四大抗金名将，是位杰出的民族英雄，为人忠厚，善于督战。南宋绍兴年间（1131—1162），刘锜曾督守江南水乡华亭鱼圻塘，从事剿匪奸盗，为民除害，建有奇功。一次，刘锜在征北战斗中，终因寡不胜敌，为国牺牲，一说遭权奸秦桧所陷，以"莫须有"之罪被害，当地百姓拥戴崇敬他的功绩，遂以"刘千岁"塑像供奉。

虽几经沧桑，庙宇毁了建、建后再毁、再建，数百年来仍完好地保存下来，庙会从不间断。民国二十六年（1937）抗战爆发，迎神赛会从此中断八年。抗战胜利后的第一年，1946年的重阳节，庙会再度兴起，盛况不逊于往年，演剧延续到1948年。

20世纪70年代初，一度毁庙除神，宣传唯物主义无神论，民间庙会之举被废。但庙宇仍保存至今。

　　1997 年 1 月，红旗村干部在迷信与科学间划清了界线，集资 50 万元建起了刘锜纪念馆；同时又营造了"鱼乡戏苑"露天戏台，占地 2800 平方米，戏台面积为 250 平方米，曾多次邀请省市京昆剧团著名艺术表演家十余次。1999 年春节，聘湖州金花越剧团并由剧团特邀上海越剧院名家王文娟老师来戏苑传艺公演，从年三十一直演到年初二，场场爆满，日观众逾万人以上，在近三年的多次演出中，观众竟达 20 余万人次。许多老年观众情不自禁地说："时隔半个多世纪，能到鱼圻塘看这样好的戏，真是做梦也没有想到。""鱼乡戏苑"给节日增添了欢乐的气氛。

　　演出期间，小庙前点燃的大蜡烛最大的一对重量竟达629 公斤，比民国时期上海香客送来的 200 市斤大了六倍，大蜡烛庙再次名声大振。

　　鱼圻塘社戏的再现，继承了江南水乡的民间传统习俗，丰富和活跃了来自各地广大群众的业余文化生活，加强了精神文明建设，构成了一道美丽的风景线。

　　刘锜大将军生日为农历九月初八。因此，在当地每年九月初八、初九都有大规模的祭祀活动，高峰时达数万人之多。

　　近年来，鱼圻塘社戏有所扩大，以"四大"闻名。

　　1. 大将军：南宋名将刘锜。

　　2. 大蜡烛：祭祀用大蜡烛都有数百斤、上千斤。2004年，一对以最粗、最重并成为"大世界吉尼斯"之最的大蜡烛（1259 公斤）陈列于鱼圻塘刘公祠内。2008 年 1 月，"鱼圻塘重阳日迎大蜡烛习俗"被省文化厅确立为浙江省民族传统节日保护基地，中央电视台多次前来采访拍摄。

　　3. 大戏台：约 250 平方米逢节庆演出用。

　　4. 大锣鼓：最大鼓直径达 2 米，逢大节庆用。大型舞蹈

威风锣鼓舞

《威风锣鼓舞》象征当年刘将军点将、出征、战斗、凯旋的恢
宏场面，极大地丰富了旅游文化的内涵。

大戏台

（六十一）

海爷庙貌近何如？

忠介风徽景仰余。

庙外人家低晒网，

鱼庄蟹舍作邻居。

　　海爷庙，在新溪西四里，祀明海忠介。庙后人家皆范姓，临水而居，捕鱼为业。

海爷庙

　　海爷庙位于三六村 6 组桥里。东是后港，南是跃进河，西是丁丁桥港，北靠南漾。海爷庙建造年代久远，是当地渔民为了祭祀明代海忠介（海瑞 1514—1587）所建。

　　海爷庙占地面积约 0.5 亩，其建筑式样与当地民房相仿，四角翘脊落戗屋，但只有一间，内有海忠介夫妇塑像，还有一艘小木船，船上有橹有桨。小木船长 2 米左右，宽 0.6 米。每年农历七月初十，小木船下水清洗，后翻新上油，九月十八为海爷庙兴致日。20 世纪 50 年代初期，海忠介夫妇塑像被毁；50 年代后期，庙宇被拆除，现在只留有庙基。

（六十二）

庙寻西圣市西隅，
曹氏输金辟草芜。
试问梦中神降处，
醒来犹有异香无。

西圣庙，在新溪西半里，里人曹继祖建。继祖梦神降临是地。晨起往拜，空中尚闻异香。

西圣庙

西圣庙俗名圣堂庵，位于杨庄浜村 32 组圣堂浜，东有西港海，南有三里塘，西即福源寺，北有韩家桥。

西圣庙建于明代，里人曹继祖筹建。明天启《平湖县志》有载："西圣庙在新带，邑人曹继祖梦圣降临是地，晨起往拜空中，尚闻异香。"其占地面积一亩，庙宇房屋三楹，东间带楼，两边各有两间小屋，前有围墙，中间为天井。

西圣庙实为庵堂，是尼姑吃斋念经的地方。新中国成立初期，庙内有尼姑三人；20 世纪 60 年代，庙内老尼方连清病故。之后，庙宇被拆除，剩下开玲、阿宝两个尼姑，开玲在原址上建造房屋居住，阿宝还俗嫁于网埭。

（六十三）

福源禅寺拓西村，
大笔淋漓四字存。
六百年来留石刻，
摩挲艳说赵王孙。

福源禅寺，在新溪西圆珠圩。咸丰庚申燹毁，僧道修募建数楹，有赵文敏书"福源禅寺"四大字，一字一碑。

福源禅寺

福源禅寺在新埭镇最西端，位于现新埭镇杨庄浜村 32 组圆珠圩，俗称塔圩；东有大塔漾，南有小河流，西也为大塔漾，北是小塔漾。

福源禅寺初建于唐朝长庆年间（821—824），位于二十三都福源塘旁。之后历经沧桑，屡建屡毁，曾一度迁建于当湖，即县南一里处。"福源禅寺"四字由虞伯生篆额，石刻法经由赵孟𫖯书写。赵孟𫖯字子昂，号松雪，浙江湖州人，元代著名书画家。元朝末年（1368）福源禅寺又遭兵毁。明洪武二十五年（1392）又重建，永乐年间获得扩建。明嘉靖三十二年（1553），福源禅寺迁回圆珠圩，并建造七级宝塔"蕴真塔"，还将《妙法莲华经》的珍本和石刻以及明代徐文贞碑记等藏置塔内。明《平湖县志》有载："福源禅普慧寺在县治南一里。元皇庆元年僧平山开建，石屋禅师住持。洪武时仍旧额。永乐间，僧维贤重盖殿庑，方丈学士陈循为之记。正统十二年，僧本澄重建藏殿。嘉靖三十二年，改为兵备司报功祠等所，乃移置二十三都圆珠圩，浮屠七级如壁立。"千年古寺历经沧桑，迭遭兵毁，但屡毁屡建，且寺名匾额继旧。徐阶的《迁建福源普慧禅寺记》有记载："……然福源溯唐千祀，屡废屡兴，地三易而故额无改，类有神圣冥护，乌可泯也……"

明嘉靖三十二年迁回后的福源普禅寺和新建的蕴真塔，是由大理卿陆胥峰、伯子陆五台、叔子陆湛庵、季子陆云台共同捐资建造。占地面积七亩，主要建造了大殿、门庑、斋厨和禅室。后来，在隆庆二年（1568）二月，由陈生和陆咸德捐资建造佛阁；又历时十一年，于万历七年（1579）十二月竣工。宝塔和寺院互相对应，非常壮丽，是当时平湖范围内规模最大、建筑最新颖的经官方批准的寺院。

《福源寺纪略》

明代临川陈际泰专门为此撰写《福源寺纪略》：

福源湖中古名刹，废者再，徒者再，而卜筑于华亭乡之圆珠圩，四面都水，远望若浮鸥飘梗，梵音钟磬，宛在中央，亦称水寺。寺建殿五楹，有佛阁，凭栏可眺远水，名水明楼。楼之东则禅堂在焉，郡守龚勉题其堂曰禅观堂。堂又东则香积，隔岸渡处多芙蓉，名芙蓉渡。渡头水阔，轻鲦隐鳞，唼萍狎荇，相尾而至，此陆孝廉放生处也，后为渔郎误入，于两崖杂栽菱芰，新秋菱花乱开，水际若锦，名菱花荡。绕荡而北，即水明楼之北门，修竹千竿，题为竹坞。去竹坞西数步，山僧祠陆氏有功斯寺者，木主其中，而南则书屋数椽，即陆长卿著五经处。其最西，逼水一轩，与云水相吞吐，名人之过是刹者多为题咏。抱轩之回廊入南有僧键关处，而关东隐隐可望，金光溢目者则长卿募塑十八大阿罗汉，而仿蜀中金水张氏画法也，罗汉为佛菩萨颜行列殿东西庑。辟门而南，浮屠西峙焉，闻宝光每每耀夜。

到了清代，福源禅寺也曾遭受一次兵毁和两次大修。晚清时的福源禅寺，就是在1860年太平军进来时，兵毁后而重新建造的。1868年再次扩建。当时的福源禅寺分围墙和前后两进殿堂建筑，都是砖瓦结构。围墙外周围栽有松木树，围墙四周建有石库门，早先石库门外面设有吊桥，晚上吊起，白天放下，以防当时强盛的盗贼。

禅房有两个，一是"声闻阁"，内悬古钟。二是法堂，法堂内放多种法事器具，是大师讲经做法事的地方。再后面是三大殿，即维摩大殿、观音大殿、三圣大殿。大殿内塑有如来、弥勒、韦驮、观音、财神、地藏和四大金刚等佛像，殿宇巍峨，佛像庄严。殿堂以方砖铺地，光洁无尘。寺内还有很多石刻，其中，有明隆庆四年（1570）的福源禅寺藏经塔题诗、《法华经》，石库门上"皇图巩固"，以及清嘉庆年间潆云禅师的两首诗和十二家诗的石刻。现平湖报本塔碑廊保存有嘉庆年间潆云禅师的两首诗，其中一诗云："溪桥西去即僧庐，如此穹碑壮梵居。一自上人移石后，时人争拓魏公书。"

观音殿后左侧有两棵百年桂花树，花开时香气四溢，沁人肺腑。寺院东侧大塔漾中建有湖心亭，为文人雅士流连盘桓之处。

晚清时期，福源禅寺僧人有十多人，另外还有副印和尚十多人，香火旺盛，寺院殷实。民国三十七年（1948），福源寺存有房屋十五间，寺内常住和尚七人，住持和尚源润。新中国成立后，寺内僧人逐渐减少，寥寥无几。但寺内香火依然旺盛，佛事频繁，信徒云集。"文革"期间，福源禅寺和蕴真塔被拆除，佛像、经书被毁，钟鼎流失。

现在，圆珠圩已成为宅地，福源禅寺遗址依稀可见。高1.5米，宽1米，厚0.3米的"福源禅寺"四块石刻及藏经塔石刻和《法华经》石刻部分存放于市博物馆内，还有许多石刻流散于民间。

福源禅寺石刻

福源禅寺

（六十四）

镌石诗篇廿六章，
名流唱和集禅房。
山舟学士名千古，
谁识书摹陆沅芗。

福源禅寺碑久仆，嘉庆间，僧漪云重嵌壁间，赋诗二章，和者十二家。陆沅芗先生书以勒石，署名梁山舟。

陆沅芗

陆沅芗即陆嗣渊，清乾隆五十八年（1793）生，字笠亭，号沅芗。善作文，工楷法，性嗜饮，豪迈不羁。由副贡领癸酉顺天乡荐，六上春闱，至道光癸未始成进士。历任福建顺昌、泰宁、崇安、建宁等知县。催科政拙，降补水口挈验关大使，复罢。上官怜之。延主汀州龙山书院。道光甲辰卒于闽，年六十九。陆沅芗即"吴诗陆字谢文章"中的"陆字"。

赋诗二章

清嘉庆年间，漪云和尚因寺碑久仆，而重嵌壁间，其中包括赵孟頫手书之《维摩经》经文石刻也一并嵌入，并赋诗二章。后由名流赋诗得十二家共二十四章，由道光六年

（1826）进士，新埭名人陆沅芗（陆嗣渊，号沅芗）书以刻石嵌于壁间。今搜得五家十二章诗篇，录其朱里·严济二章。

搜寻古迹孰如公，又见丰碑出土中；
承旨风流未销歇，淋漓大笔列墙东。
几树苍松伴旧庐，圆形塔畔尽安居；
摩娑苔藓留题句，重倩山舟学士书。

（六十五）

福源寺里福源泉，
古井莹然丈室前。
知是源头来活水，
一泓澄澈证心田。

福源泉，在福源寺方丈前，水旱不竭。

福源泉

福源泉是一古井。在福源禅寺内方丈室前。

"福源禅寺"这四个大字是用石刻特制而成，一字一碑，砌于围墙之中。入围墙山门，是天井。然后是牌坊，牌坊后面是禅房方丈室，室前古井福源泉源源不断，水旱不竭。方丈室内墙用两百多块石板护面，石板上刻有赵孟𫖯书写的《维摩诘所说经》和《妙法莲华经》，并悬挂陆沅芗书写的"钓馀"字样的匾额。

（六十六）

维摩丈室敞渠渠，
陆氏原题曰钓馀。
两字补书留手泽，
上人合伴钓人居。

福源寺方丈旧额曰"钓馀"，陆沅芗先生书。咸丰庚申燹毁，僧道修募建，先君子补书"钓馀"二字。

维摩

维摩诘意译为"净名"或"无垢称"，佛经中人名。《维摩诘经》中说他和释迦牟尼同时，是毗耶离城中的一位大乘居士。尝以称病为由，向释迦遣来问讯的舍利弗和文殊师利等宣扬教义。为佛典中现身说法、辩才无碍的代表人物，后常用以泛指修大乘佛法的居士。维摩丈室是宣讲佛家经典的场所。

福源禅寺方丈旧额"钓馀"由陆沅芗先生书写。清咸丰十年（1860），太平军进攻新埭，福源禅寺惨遭兵毁，后又重新建造。同治七年（1868），再次修募扩建。后来补写的"钓馀"二字，是俞金鼎父亲俞文祥（候选训导贡生）的手迹。

钓馀

　　"馀"同"余"（简体），用"余"意义可能混淆时，用"馀"以区分，多见古文。表示某一事情、情况以外或以后的时间。"钓馀"就是垂钓以外的空余时间。

（六十七）

杰阁嵚崎耸绮甍，
声闻远迩锡嘉名。
萦萦名利场中客，
试听晨钟警一声。

声闻阁，在福源寺。陈宪生先生有《声闻阁记》。

声闻阁

声闻阁在福源禅寺内，造型别致，高高耸立。

这座远近都能听到声音的楼阁，被赋予一个好听的名字——声闻阁。明洪武二年（1369），赵孟頫书写有著名的《声闻阁记》，后经陈宪生刻碑，以作世传。

《声闻阁记》文献资料和碑石由于时间久远，现在很难觅到。

那些被利益困扰、在名利场挣扎的人，不妨听一下声闻阁早晨寺钟的警醒之声，这对于一个人调节心态很有帮助。

（六十八）

七级浮图曰蕴真，
一枝文笔矗嶙峋。
法华石刻经藏处，
铃铎无声草自春。

　　蕴真塔，在福源寺前。明徐文贞碑记云："建浮图七级，藏石刻法华于中。"

七级浮图

　　浮图就是佛塔，是音译过来的。佛塔起源于印度。在公元一世纪佛教传入我国以前，我国没有"塔"，也没有"塔"字。当梵文的 stupa 与巴利文见 Thupo 传入我国时，曾被音译为"塔婆""佛图"和"浮图""浮屠"等。由于古印度的 Stupa 是用于珍藏佛家的舍利子和供奉佛像、佛经之用的，亦被意译为"方坟""圆冢"。直到隋唐时，翻译家才创造出了"塔"字，作为统一的译名，沿用至今。

　　七级浮屠指的就是七层塔。在佛教中，七层的佛塔是最高等级的佛塔。佛家以为七层的宝塔约为百公尺来高的大佛像，建了如此大佛来供养，功德是很大的（注：这在许多的经典中都有提到，如地藏菩萨本愿经，内中就有提及）。假使你救了一个人的性命，那么你所获得的功德是比建宝塔礼佛还要伟大的，这是救人一命胜造七级浮屠。

中国佛教徒多将浮屠视为佛塔。因观音手持佛塔，故而名称浮屠观音。明代版画集《慈容五十三现》和《观音三十二相》中均有浮屠观音。其造像特征是：观音立于莲华之上，右手持九级浮屠佛塔，左手做施无畏印。佛塔汉译"堵波"，古印度佛教徒筑塔是为了埋藏佛之舍利，后来演变为佛教象征性的重要标志。佛教徒非常崇拜舍利、佛发、佛指、佛齿，见舍利如见佛陀本身。佛塔又称功德聚。

造浮屠佛塔被视为建功德的事。佛塔浮屠还被佛教视为宝物和法器。《大悲心陀罗尼经》中萨幡罗罚曳（梵语），此乃观音菩萨示现毗沙门天王降魔相，天王手持浮屠宝塔，意保护修持者，护持、接引十方诸佛，可使一切魔障望风远避，使一切恶煞闻其声音，悉皆远离。

佛教中的塔分为两种，一是佛塔，一是给得道高僧建的僧塔。僧塔最高为七层。如果一个和尚死了给他建了一座七层高的僧塔，这是对他修为的最高肯定。

但是救人一命，是比给他建一座七层的僧塔更高的肯定！

蕴真塔

蕴真塔又名佛塔或浮屠，俗称宝塔，是福源禅寺的藏经塔。方形，砖石结构，高十多米，翘角七层，每层高两米多，四周雕刻药工菩萨28尊，底层距地尺余，四周砌有青田方石，刻有"楞严咒"经书。

陆增有诗云："梵刹三迁尘劫重，菱花秋水乱芙蓉。浮屠高耸圆珠地，赵魏公书苔藓封。"

蕴真塔和福源禅寺交相辉映，构成一体，成为三泖九峰间著名古刹。那时，僧侣最多时有三十多个禅门和尚和十几个副印和尚（外来的只能提任副职），香火鼎盛，佛事频繁，信徒云集，游客不绝。

文人雅士仰慕古刹，常来游览。如明代御史曹光、南京刑部主事锦衣都指挥陆炳、福建建宁知县陆沅芗、四川南江知县曹微之等，回里时都常到寺里参观、小憩，和方丈法霖、漪石、漪云、天息等禅师谈文论道。

民国时期，有源顺、源德、源海等和尚来寺主持。诗人吴楷、书法家陆嗣渊和谢九，举人陆邦燮、秀才俞金鼎等都是常客，常来寺里与禅师畅谈，吟诗作对，互相赠送书画。

由于年深日久，风雨侵蚀，到 20 世纪 20 年代初，蕴真塔的顶部稍有坍漏，雨水使藏在顶部箱内的经卷受潮。

新中国成立以后，蕴真塔风光不再。1966 年"文化大革命"时，蕴真塔被拆除。

佛像、经书被焚，钟鼎已了无踪迹，最令人可惜的是许多珍贵字画也毁于一旦，甚至连塔基长达 4 米的 800 多根木桩也被拔起，分给了农户。塔壁石刻经书约有 200 块，也被分给了革命（今旧埭）、红旗（今杨庄浜）、民主（今三六村）三个村（时称大队）的农户。

这样，蕴真塔就从地面上消失了。所幸的是，赵子昂所书"福源禅寺"四块碑刻（三块在市博物馆，一块在圆珠圩寺基下）、藏经塔题诗石刻、《法华经》经卷石刻，部分尚保存在平湖市博物馆，成为有历史文化艺术价值的珍贵文物。

蘊真塔

（六十九）

萧梁古寺畅清游，
长福禅堂小院幽。
两树海棠最娇艳，
垂丝风袅斗红稠。

长福寺，在泖浦东。梁天监末（南朝梁武帝萧衍502—519）建，明嘉靖间（1522—1566）毁于倭寇。万历间（1573—1619）林士奇重建。寺中海棠两株，花时鲜妍可爱。

长福寺

长福寺位于溪洋村15组，东有姚端自然村，西有盛家浜、马浦塘，北有合和浜，与萃贞庵相距不足1000米，其门前正南是南塘（现为大寨河）。

长福寺最初建造时间在梁天监末年（519）。明天启《平湖县志》载："长福寺城北二十四里，泖浦塘之东，创自梁天监末。入国朝嘉靖初，梵宇巍然，其护法神颇著灵异，值倭夷入寇，僧众避去，贼巢穴其中，一夕烈焰陡发，毙贼数人，皇骇星散，神若使之。废址渐夷为田，展转属里人林士俊。万历己未，僧了尘托钵此地，见一鹳飞鸣翔舞于上，异而询之居民，乃知其寺址，遂襄笠盘坐，击于其处，风雨晦暝无辍，而鹳亦朝夕留止，依依不远去。居民目击神异，爱共乐助焉，士俊舍田，构殿二进，越五月而佛像庄严，俨复旧观。追计毁时，适一周甲子尔。"以前，长福寺规模前后三堭，有大殿也有厢房，28个佛像，分别塑有如来、弥陀、观音、关帝、韦驮、财神、地藏等。门口有一对大石狮，寺院门前东有一棵三人才能抱的大银杏，西有一棵二人可抱的红榉榆（银杏和红榉榆在20世纪40年代初被毁），天井内有一棵直径约30厘米的桂花树（20世纪70年代初，学校扩建时被毁）。

民国三十五年（1946）二月十五日，戈张乡乡公所从观音堂迁至长福寺。新中国成立初期，寺院规模已经缩小，寺内住持志荣，既是长福寺住持，也为鱼圻庙住持。后佛事渐废，寺院被学校所用。

1955年3月28日，长福寺全部拆除改建学校。2005年，一名叫福林的原长福寺小和尚还健在，但寺院旧址已是规模很大的长福寺小学。

长福寺的传说

传说万历年间，有个法号叫了尘的僧人云游经过长福寺旧址，看到一只白鹳时而在空中盘旋，时而停在废墟上，并不断发出阵阵鸣叫，围绕着废墟不肯离去，好像要告诉人们什么。

了尘大师感到很奇怪，就问当地百姓："这是一堆什么废墟？"有人指着废墟说："这里本是长福寺原址。""原来如此！"了尘大师听后，想了想，又问："以前有没有白鹳在那里一直叫个不停？"当地人都说从来没有见过这种情况，他们也是第一次看到。了尘大师又说："为什么今天我一来就看到一只白鹳在废墟上不停地鸣叫？"众人谁也说不清楚："可能白鹳与大师有缘吧！"了尘大师心想："莫不是佛祖托白鹳在此地等候我，叫我重建长福寺？"

于是，了尘大师马上着手重建寺院，并亲自动手清理废墟，他干得特别快乐。

说来真奇怪，了尘大师在清理废墟的时候，那只白鹳始终在附近的树梢上看着他，有时发出几声欢快的鸣叫。周围老百姓看到这个情景觉得很稀奇，认为了尘大师和白鹳肯定都是佛祖派来建造寺院的，并被了尘大师的善举所感动，纷纷加入参与清理废墟。他们挑的挑，扛的扛，很快把废墟清理完毕。

重建长福寺功德无量。人们有钱的出钱，有力的出力，还有人捐献出废墟旁边的良田，用于在原有基础上扩建。经过五个多月的建设，长福寺终于建成，规模比原来大了好几倍。

寺院落成后，白鹳远走高飞，了尘大师成为寺院住持，长期留在长福寺，广收弟子，吃斋念佛，讲经传经，普度众生。

（七十）

> 桥横秀野石崚嶒，
> 古寺钟声接大乘。
> 试酌玉泉池上水，
> 点头顽石忆高僧。

大乘寺，在秀野西北二里。元延祐二年（乙卯·1315），僧顽石建，内有玉泉池。

大乘禅寺

大乘禅寺俗名大乘寺，位于丁桥村5组，东有小桥头，南有石人汇，北有曹家埭、鱼池埭，西是嘉善县。大乘寺建造时间较早，名声也较大，是原秀溪乡三大寺院之一。

大乘寺规模较大，据明天启《平湖县志》载："大乘寺在新带镇北，有池清澈，今塞。元延祐二年（1315），僧顽石建。今欲寻一片石共语不可得，安得顽石再点头也。"清光绪《平湖县志》称："大乘禅寺。在县北二十七里，元延祐二年，僧顽石建，内有玉泉池。"大乘寺曾有几次修建，而使其成规模的为铁鼓和尚，据《朱志》记载："铁鼓，姚江人，俗姓应氏，中岁翦发，参学至当湖，为天息法嗣，性幽，栖安禅大乘寺，寺久圮，鸠材庀工，殿宇僧寮不期月就。"后来，有不少史书记载它。

玉泉池

清光绪《平湖县志》记载："玉泉池。在大乘寺，其泉汪洋澄澈，煮茶无滓，故名。久塞。"徐志鼎有诗："一迳草离离，传闻旧有池；波翻鱼影曲，风绉石纹歧；金线色同洁，白沙香特奇；坐听仙梵彻，清绝洒杨枝。"

明天启《平湖县志》上记载已经堵塞，府《柳志》上也记载久塞。民国三十七年（1948），大乘寺有房屋十七间，方丈僧保根，寺院天井内还有一棵直径约30厘米的桂花树，门前有一棵梧桐树，后面还有三棵香樟树。

20世纪50年代中期，大乘寺大部分建筑被拆去建造新埭小学；60年代初期，寺前树木被毁，其他建筑在70年代初被拆去建造公房。2003年土地整治时，大乘寺宅基被推平。

（七十一）

一带围垣隔市阛，
大慈曾访古禅关。
无边莲界亲题额，
太守书名岂等闲。

大慈禅院，在城隍庙西。许郡尊瑶光任嘉兴知府，有惠政，工书法，题额曰"莲界无边"。

大慈禅院

大慈禅院俗称三官堂。位于新埭集镇西端，南有新埭市河三里塘，东紧靠城隍庙，西有福源禅寺。

大慈禅院夹于城隍庙和福源禅寺中间，其建造年代不详，占地面积 1.5 亩，建筑共分三。前埭为围墙，中为大殿，大殿与前围墙之间为天井，天井两边是带楼厢房，大殿门前挂有"莲界无边"匾额，是曾任嘉兴知府许瑶光亲题。大殿内塑有如来佛像，大殿西有纯阳殿，内有吕纯阳（吕洞宾）塑像。大殿后是小天井，再后面是三间伙房，整个禅院略低于城隍庙。

晚清时期，大办义学，大慈禅院内曾设有学校，民国《平湖县续志》载："新溪两等小学西堂在新埭镇新西坊，借大慈禅院云溪上人所建余屋为教室，以新溪书院原有田租存款及膏捐为开办经费，于光绪三十二年（1906）七月成立……"

抗日战争时期，院内鹤明方丈和一个小和尚被日军刺杀。新中国成立初期，大慈禅院保存完好，内有老和尚八人，大多数为福源禅寺和尚，他们白天在福源禅寺，晚上居住在大慈禅院。"文化大革命"时期，院内设施被毁，和尚被赶出禅院。后来，禅院被改建成粮库，后面三间伙房保持原状。2008 年改建成车间。

（七十二）

扁舟夜泊记游踪，
都尉庄南绿树浓。
梦醒槐阴天欲晓，
紫青禅院一声钟。

紫青禅院，俗称北圣宫，在石庄南，前有古槐。

紫青禅院

紫青禅院俗称紫青寺，位于姚浜村7组，与南阳村交界。南有南旺港，北有顾家桥、杨家桥，东有泖河，西与汪东坊（也称汪德坊）相距不远。

明天启《平湖县志》有载："紫青禅院，在石庄南，旧名北圣堂。"早先紫青寺面积很大，以里而计，历经战火，屡毁屡建。特别是太平天国时期，其遭受的磨难为最大，整个紫青寺被大火全部烧毁。清同治二年（1863）三月，当地百姓利用一些烧焦的木材重建紫青寺，重建后的紫青寺只有三间。紫青寺不是很大，而绿树成荫，是一个特别引人注目的地方。

光绪二十三年（1897）进行过一次修缮，民国十八年（1929）进行扩建。扩建后，紫青寺有前后两埭，两边各有两间厢房，前埭三间，后埭也三间，中间有大天井，占地面积约12亩。

　　据曾经在寺内当小和尚的谢付根回忆，民国三十七年（1948），常住僧人两人，寺内住持王海根，法号僧明迪，四十二岁，江苏金山人。当时，紫青寺香火旺盛，方圆几十里佛教信徒们都到此烧香，就连泖河以东的上海市邱里庙也有很多香客来此做佛事。全年寺内收入十二石糙米，全靠信徒们无偿提供。

　　新中国成立后，随着形势的变化，紫青寺的香火逐渐清淡。土改时期，紫青寺的前埭与两边厢房被分掉，后埭在1959年被拆去建造村部。从此，紫青寺的建筑全部消失，只剩下一片荒芜的宅基地。2005年，紫青寺的宅基地还清晰可见，曾经在寺内做过小和尚的谢付根还健在。

（七十三）

松筠冰玉两无惭，
姑嫂清修佛共参。
戈氏当年曾舍宅，
地园浜里普门庵。

普门庵，在新溪东地园浜。戈启元寡媳陈氏及女年姑，舍宅为庵，矢志清修。

普门庵

普门庵又名姑嫂庵，位于中新村田园浜，东有唐家村，南靠中村田园浜，西即湾里，北有北宅基。

姑嫂庵原是戈启元的住宅，建造于乾隆十三年（1748），他的独子死后才由住宅改为庵堂。清光绪《平湖县志》载："乾隆五十八年夏秋，疫。死者甚众。"居住在田园浜的戈启元家因瘟疫而几近灭门，只剩下其女戈年姑与儿媳陈氏。之后，姑嫂二人认为念佛诵经可消灾避难，即以家为庵，常年念经修行，人称"姑嫂庵"。

清光绪《平湖县志》又载："戈启元女，名年姑，以父年老无兄弟侍奉，立志不嫁，嘉庆己卯（1819），年四十四卒。"

姑嫂庵是由住宅作为修行的场所，与其他庵堂不同，面积五亩多地。有前、中、后三埭建筑，前埭有五间，后埭为大厅，中间有天井，两边各有三间木楼厢房。

民国时期，前堍为泖南乡公所，两边厢房为第七保保校。新中国成立初期，姑嫂庵为南库乡公所和学校，庵前后还有几十株榉榆古树。土改后，部分房屋分给王福昌。1956年3月，南库乡与石桥乡合并成立南桥乡，乡公所从姑嫂庵迁到鱼圻塘。

20世纪50年代后期，为了建造学校，拆掉了厢房。60年代后期，庵内佛像及法器全部被毁。到70年后期，姑嫂庵所有建筑被拆去建造学校。2005年姑嫂庵宅基是竹园和荒地。

（七十四）

药师庵在碧溪坳，
绀宇嵯峨出柳梢。
不见旧时斗姥阁，
但闻清磬一声敲。

药师庵，在万福桥南，庵有斗姥阁。咸丰庚申燹毁，今重建，惟"斗姥阁"尚阙如。

药师庵

药师庵位于新埭集镇三里塘（市河）南岸，东有二老爷庙，西是关帝庙，北为万福桥。药师庵，是为了纪念一女药师而建造，其建造年份不详。清咸丰十年（1860），被太平军所毁。后来重建，内有观音等佛像。

药师庵，建筑面积有 100 多平方米，并列三间，后有厢房，厢房中间为天井。民国期间，曾为新埭区政府和镇政府临时办公地点。

新中国成立初期，药师庵保存完好，内住尼姑三人。20世纪 60 年代初期，佛像被毁，之后，在建造新埭饲料加工厂时被拆除。

（七十五）

万寿桥南起梵宫，

芥庵地窄拓三弓。

而今衰草寒烟里，

何处僧寮访古风？

芥庵，在万寿桥南。顺治甲午（十一年·1654），僧古风建，今废。

梵宫

梵宫原指梵天的宫殿。后多指佛寺。

南朝梁沈约《瑞石像铭》曰："永言鹫室，栖诚梵宫。"唐·王勃《梓州郪县兜率寺浮图碑》曰："梵宫霞积，香阁星浮。"元耶律楚材《憩解州邵薛村洪福院》诗："天兵南出武阳东，暂解征鞍憩梵宫。"清·李渔《怜香伴·僦居》曰："宝菴花竹成林，阑干曲折，不似梵宫结构，竟像人家的书舍一般。"

芥庵

芥庵，又名介庵，在万寿桥（今虹桥）的南面，清顺治十一年（1654），有高僧古风建造。

何时废除？无以考证。但是从诗中可以看出，介庵在俞金鼎写诗的时候，早已经荒废。

高僧古风在新埭建介庵，是不是以纪念嘉靖皇帝身边的红人——锦衣千户陆炳，并以陆炳的父名介庵来命名？不得而知。

（七十六）

复庵昔日讲堂开，
天息禅师飞锡来。
曹氏文章谈氏字，
闲寻碑记剔莓苔。

复庵，在教化桥东南，为天息禅师卓锡地。碑记为曹志周撰，谈允诚书。今庵毁碑存。

复庵

复庵位于新埭集镇三里塘（市河）南岸，东有关帝庙，南有韦天庙和曹御史宅地，北靠市河。

复庵建于明代崇祯五年（1632）。清光绪《平湖县志》载："复庵在新带，明崇祯五年（1632）建。国朝康熙间重修，常住自置田九十七亩，众姓舍田二十七亩，基地六亩一分，祭田一十三亩五分，灯油田一亩五分。"

复庵占地面积不多，其建筑与一般庵堂相仿。庵毁于清代，庵内有一石碑尚存于原处，由邑人曹志周为之作碑记，谈允诚书写。

《复庵记节略》

曹志周《复庵记节略》：

复庵者，天息禅师卓锡地也，其始一堂两室，后庑前轩，虽环堵半亩宫而翛然有山林之意，计其落成在崇祯甲戌岁，是时师年三十有一也，至甲申而师以问道古南，飘然曳履去。茌苒再历春秋，虽池草常青，庭柯不改，而烽尘四起，村市几墟，庵中诸瞿昙困守数椽，飘摇无定，然后叹师之去留所系非浅也。丁亥，师受拂归，息肩般若庵，寻之大乘古寺，不数月修圮整坏，焕然改观。适镇上旧交络拜迎者相望于道，遂于辛卯复返故庐，里人咸愿为师营讲席，苦壤壤无余地，谋于家伯叔兄弟，咸相与输助观成焉。自是绕庵数亩编篱筑基，明年成殿宇，又明年成讲堂，又明年成山门，凡斋堂客座香积厨云水堂及诸应有寮舍，次第创兴，再辟竹地菜圃，直达河壖，垂杨拂篱，新篁夹径，每于朝霞夕照中，烟火参差，郁葱万状，规为式廓，颜曰复庵。余因众人之请，谨详创庵始末，勒之于石，用垂不朽。

曹氏

即曹志周，字微之。清康熙十八年（1679）己未进士，授南江（位于今四川省东北部）知县，升工部主事。曹氏文章：曹志周起草的碑文。

谈氏

即谈允诚，字孚上。康熙十二年（1673）癸丑进士，授内阁中书，历江南镇江府知府。镇江为南北孔道，兵民杂处，允诚一秉至公，奸豪屏迹，严绝苞苴，有羊续悬鱼风。子绍芳辛卯举人。谈氏字：谈允诚书写的文字。

（七十七）

小小横桥野景佳，
西庵旧址惜沉埋。
谈家舍宅荆榛翳，
绣佛谁持苏晋斋。

西庵，在新溪西，系谈姓舍宅，今废。庵前有浜，小桥
横跨，今亦圮矣。

横桥

横桥位于溪洋村 12 组，南北跨于南厍港之上，西有斜桥
旧址，东为溪洋港，南有合和浜等。在清代以前，南厍港较
为宽大，水流湍急，是新埭以西之水泄流的最大通道，也是
平湖至黄浦江的主要航道。进入清代中期，厍港渐显狭窄，
现船已难行，且古横桥久圮，但人们为了通行，在原处建造
了木桥。20 世纪 70 年代，改建为宽 2 米的水泥拱桥，其名
为虹桥。

横桥何时圮毁，无处考证。

（七十八）

小筑三楹古佛龛，
五龙桥北五龙庵。
门前一掬清泠水，
可有龙潜水底潭？

五龙庵，在北栅口五龙桥北。佛宇三楹，门前水绕。

五龙庵

五龙庵早先也称五龙庙，位于杨庄浜村26组宿圩，南是三官塘和五龙庵桥（1952年疏浚后市河拆除），东西是仁德港，北为曹家滩。五龙庵建造年代不详，其名称来历不是以五条龙而命名，而是跟水有关。以前，新埭镇北栅桥北侧有一较大的水漾，此漾五水汇集，四通八达，南是落北港，东西为三官塘，西北仁德港，东北是杨庄浜。落北港直通新埭集镇，与市河相接；三官塘东入上海塘，西通袁家桥；仁德港北通大泖；杨庄浜东接泖口。这五条水系似五条龙一样汇集在五龙庵的东南地角。五龙庵因之而得名。

五龙庵占地面积约一亩，建有三楹殿堂，后面左右各有两小屋相连。中间殿堂塑有观音和一些佛像，东堂塑有西风将佛像，西堂塑有黑面赵元付骑麒麟佛像。庵内其他设施与一般庵堂相似，常住一老尼吃斋念经，每年春秋两次庵兴，

一次是农历六月十九竖旛，另一次是十月十五圆旛，每月初
一或月半为斋旛，香火较为旺盛。

新中国成立以后，经过土改，庵内一老尼姑与其女就地
还俗，佛事逐渐清淡，直至停止。20 世纪 50 年代中期，五
龙庵被毁。现在，五龙庵原址为荒地，有信佛者搭简易棚在
此烧香。

朱元璋与五龙庵的传说

相传在元末明初，出生于安徽省凤阳县的朱元璋五岁时
父母和大哥相继去世，后来在战乱中又与二哥失散，一个人
无依无靠，后出家当了和尚。他在寺庙里吃苦耐劳，练就了
一身好武艺。由于当时吏治腐败，倭寇入侵，加之水灾、瘟
疫、蝗虫连年不断，百姓生活在水深火热之中。朱元璋有救
百姓于患难之中的抱负，就拉起了队伍，抗击倭寇，整治官
腐。

一次，朱元璋带领的队伍来到平湖以北的新埭地带，因
连日来与倭寇作战而筋疲力尽。当他们行进到新埭镇北面的
时候，看看天色已晚，夜幕降临，朱元璋就命手下探马察看
地形，寻找就宿的处所。探马经过实地勘察，报告在水网交
错的镇北有一座尼姑庵，地形易守难攻，可以就宿。朱元璋
就带着队伍是夜就宿于三官塘边的尼姑庵内。此庵占地约一
亩，建有三楹殿堂，后面左右各有两小屋相连。中间殿堂塑
有观音和佛像，东堂塑有西风将佛像，西堂塑有黑面赵元付
骑麒麟佛像，有一师太吃斋念经。安排好兵士们在左右小屋
里住下，并布置好哨兵轮流放哨，朱元璋就独自步入殿堂，
在菩萨面前拜了几拜，然后也安然入睡。他很快就进入了梦

乡，睡梦中他梦见有金光万道，如雷鸣闪电一般，在尼姑庵上空盘旋作响，紧接着出现五条金龙盘绕舞动。

朱元璋被梦惊醒，心里不知此梦有何兆头，不知是凶是吉。就披衣起床，信步走出殿堂，一望天色，将近五更。此时，月亮正像个大圆盘高挂在天空，照得地上一片雪白；殿堂前的水潭在月亮的照射下更是波光粼粼，在阵阵微风的吹拂下，水面上泛起道道神秘而静谧的银光。朱元璋正看得出神，忽然潭中"哗啦啦"响声骤然，他循声望去，月光下只见有数条青蛇绞缠在一起，在水潭里翻滚戏水。朱元璋以为自己看花了眼，定了定神，揉了揉眼，再仔细数一数，啊哟！不多不少，正和梦中所见的金龙一样也是五条。等他一数完，五条青蛇突然消失得无影无踪，朱元璋本是信神信佛之人，他思索着，这难道是梦中的五条金龙显形给自己看吗？显形一般常人是看不到的，只有极少数的贵人在特定的条件下才能看到。而龙又是皇帝的象征，虽然自己不曾想当什么皇帝，但这一定是个好兆头，一定对自己的未来预示着什么。于是他兴致勃勃地折回殿堂，令手下的人唤醒师太，拿来笔墨纸砚，当场挥毫写下了"五龙庵"三个大字，给予师太，并令制匾高悬于殿前。

从此，三官塘前的尼姑庵就叫作"五龙庵"，庵前的三孔石桥叫作"五龙庵桥"。后来，朱元璋也真的当上了明朝的开国皇帝，"五龙庵"由于皇上的金口玉牙所封，香火兴旺，一方人民生活得以安康。

（七十九）

大悲庵畔渡船横，
一片慈云护水程。
北去长塘是胥浦，
庵门恰对暮潮平。

大悲庵，在青阳汇东北三里。又北十余里，通胥浦塘，为江苏金山县界。

大悲庵

大悲庵位于兴旺村9组，西靠上海塘，南靠西村浜，北有葫芦潭。据当地老人说，大悲庵为庙，不是庵。但清光绪《平湖县志》记载为庵。大悲庵建造年份不详，据说内有杨老爷、通天猛将等，其建筑规模也不大，原来只有三间，并无大殿。民国时期，大悲庵为泖南乡第十二保。20世纪60年代前保存完好，"文革"期间被拆除。90年代后，民间冉兴造庙之风，而后建造了规模较小的金龙庙。

金龙庙

金龙庙纪念的是一位八百多年前的宋朝抗金英雄名将金龙。

金龙是宋朝与民族英雄岳飞同时代的人。在抗金卫国战斗中，为国家和民族利益奋勇杀敌，屡战屡胜，带领部队数次击败金兵进犯，为保卫国家立下了赫赫战功，名扬天下。他是鱼圻塘刘公祠刘锜大将军的舅舅，他同刘锜一样流芳百世。

为了纪念金龙这位历史人物，长期以来，金龙庙香火旺盛，周围十里八乡的村民每逢初一月半，都要来此烧香拜佛，以此来怀念这位历史名人，祈祷吉祥平安。特别是每年的农历四月初六，金老爷的生日，这里都要举办盛大的庙会。届时戏台高筑，邀请杭州、上海的名戏班、名演员登台献艺，还有民间舞龙舞狮表演，参加者成千上万。一些商人瞄准这一商机，纷纷来此摆摊设市，糖果糕点、日用百货一应俱全，场面十分壮观。下午戏毕，金老爷还要坐八人大轿全村"出访"。锣鼓开道，前呼后拥。庙会从初六开始，历时三天。直到现在每逢四月初六当地规模声势远不及当年。

金龙庙始建于三百多年前的清代。当时的庙宇占地面积有一亩多。前后埭二厢房。中间一个天井，前埭为副殿，供香客停留及和尚佛事活动之用，后埭为正殿，两边厢房为方丈及和尚的生活用房。

金龙庙于太平天国时期，因战事频发被毁。后来该庙方丈带领他的弟子每天东方发白就挨家挨户上门化缘。他们身披袈裟，脚穿草鞋，手击木鱼，风雨无阻，历尽艰辛。普通百姓每户3至5文，大户人家10至20文，这样日积月累，经过四百九十天的募捐，跑遍了方圆十多里的地域，终于筹齐了建庙用款，重建了金龙庙。

重建后的金龙庙规模比原小了不少，三间正南方向的红墙瓦屋，进深十多米，庙中菩萨、四大金刚有十几尊，菩萨躯体高大，造型逼真。庙中墙上绘有龙、凤、狮、麒麟等吉祥物，色泽鲜艳，满堂生辉。庙后有一棵树龄两三百年的三人才能合抱的穿天银杏。可惜"文化大革命"时金龙庙再次彻底被毁。在民国时期，庙内仍有方丈和和尚数人。现在的金龙庙是"文革"后，当地群众因资金、土地等原因重建的，这次重建的金龙庙非常简陋。

（八十）

梵钟遥听市西南，
选佛场开般若庵。
庵后清溪通略彴，
有人携杖访伽蓝。

般若庵，在新溪西南，元皇庆间（元仁宗1312—1313）
建。

般若庵

般若庵俗名观音庙，又称八丈庵。因"八丈庵"与"般
若庵"谐音，故当地人称"般若庵"为"八丈庵"。般若庵位
于三六村18组，东有木桥港，南是施家庄，西即和尚浜，北
有南横港。

明天启《平湖县志》说："般若庵在新带西村落中，慈
航一叶。"般若庵建于元代皇庆年间（1312—1313）。清光绪
《平湖县志》载："般若庵在新埭西，元皇庆间建。"

般若庵占地面积2.5亩左右，四周围墙。前围墙有大门
头，上写"山门"两字，后面是正殿，中间为天井，天井西
有厢房。正殿与左右两间塑有多尊佛像，最大为观音菩萨，
故又名观音庙。明清时期，般若庵香火旺盛，庵内佛场宏大，
钟声远闻。

般若庵毁于抗战时期。民国二十七年（1938）五月，日军扫荡至新埭，放火焚烧般若庵。有一个名叫新根的和尚从庵内逃出，被日军枪击中右胸，子弹穿过后背，顿时血流如注。他忍着剧痛从口袋中掏出一枚银币按住弹孔止血，由于弹孔比银币大，等到血止后，银币陷入肉中较深，无法挖出，但保住了性命。焚烧后的般若庵一片狼藉，只存下两间西厢房，而佛事依旧。

新中国成立初期，庵内有三个和尚。后来，这三个和尚先后回到家中，从此，结束了庵内佛事。1956年有一个名叫陈正生的杭州人下放到此，住进了般若庵。陈正生搬走后，为了建造公房拆毁了般若庵所有建筑，其宅地成了粮田。

（八十一）

善庆庵前野草青，
小桥横跨号丁丁。
晓来求得仙方去，
三里塘西一路经。

善庆庵，在三里塘西。顺治七年（庚寅·1650）僧渠波建，乡民求仙方者纷集。庵东有丁泾桥，俗称丁丁桥。

善庆庵

善庆庵位于丁桥村 10 组，丁桥村与三六村交界之处，三里塘西岸，丁丁桥西北。《朱志》载："善庆庵。在二十三都飘圩，顺治七年僧渠波建。"

善庆庵名义为庵，实无尼姑，为和尚所居，20 世纪 50 年代有一和尚在庵内长居。当时，附近佛教信徒们每逢初一月半都前去烧香拜佛祈求平安和幸福，有很多人闻得庵中求得的仙方很灵验，纷纷前去求取仙方。

民国三十六年（1947）十二月，大乘乡政府从柳家浜迁至善庆庵。民国三十七年（1948）八月二十五日，大乘乡政府迁出善庆庵。当时，善庆庵位于大乘乡第九保，共有房屋九间，田产五亩，住持僧胜荣，时年三十五岁。据民国资料显示，善庆庵形成较早，成规模是在明朝末年。20 世纪 60 年代拆除时，发现其正梁上刻有："光绪五年重建成……后来再也没有重建。"

（八十二）

承平修葺旧精蓝，
一串年尼礼佛龛。
两字瑞增名久著，
谐声今改萃贞庵。

萃贞庵，在新溪西南六里，旧名瑞增。兵燹后，王荫三明经改为萃贞。

萃贞庵

萃贞庵位于萃贞村的马浦塘西，秀溪大寨河北，东有长福寺，西有顾家浜、荷花池。萃贞庵旧名瑞增庵，初建于清光绪十三年（1887），后遭兵毁，于光绪三十年（1904）重建。

民国三十七年（1948），萃贞庵房屋三间，内设学校，且有四人管理，田产五亩，住持为俞明官，时年二十四岁。1956年3月，建立秀溪乡人民政府时，被定为秀溪乡人民政府机构所在地。1983年秀溪乡政府迁出萃贞庵。1997年，当地佛教信徒自发于原萃贞庵重修并扩大其建筑，重新恢复了庵内的佛事香火，并保持了原来的面貌。

萃贞庵

（八十三）

乘兴来寻古佛龛，
袁家桥畔巨平庵。
蒿莱满地无遗迹，
只有空明月一潭。

巨平庵，在新溪西北袁家桥头。明天启三年（癸亥·1623）建，今圮。

袁家桥

袁家桥始建于清乾隆五十五年（1790），位于新埭镇西半里，桥为单孔结构石桥。新中国成立后，在疏浚后市河时，原石桥改为平桥。

巨平庵

巨平庵建于明天启三年（1623）（见《平湖县志·彭志》），在袁家桥头，清代早已废除。诗人俞金鼎游玩时，也只见满地荒草，找不到一丝痕迹。

（八十四）

俞家浜水绿沄沄，
始祖坟讹狮子坟。
五百余年绵世泽，
云仍瞻拜诵清芬。

俞氏始祖坟，里人讹称"狮子坟"，在西俞家浜西北，迄今五百余年。每岁清明前一日，云仍拜扫，咸集墓前。

俞氏

俞氏出自黄帝时期的俞跗。相传俞跗医术高超，能"割皮鲜肌""漱涤五脏"等外科手术，使疾病痊愈，故称俞。

新塍镇于晚清时期已有"俞半镇"之称谓，意指俞姓人数及房屋之多。据多年考证，此话基本属实。然该俞氏却非同族或同宗，而是由两个不同族系和一个本为喻姓家族所构成。

俞家浜系约于元末明初之时已迁居镇东俞家浜（今属杨庄浜村，地名门牌号已改为"吴泾浜"，地处粮管所三分仓后），今俞美华家宅基即为俞氏老宅。原有五廿间两垯平屋，东西两面高墙，中间天井，屋后大竹园，中有两棵合抱桂花树，分别为金桂、银桂。该树在1973年农田基本建设时被砍伐，在银桂树下出土银元宝若干。

唐家浜俞氏、西大街俞氏、中大街俞氏、庙街俞氏、新东街俞氏以及原同心村俞氏一支均从俞家浜析出。

俞氏始祖坟

俞氏始祖坟，俗称"狮子坟"，因坟大地形狮子而得名（据说乡人误传）。建造于明代，年月无考，陆庄简题字。今废。

（八十五）

年年五月届端阳，
群向坟前采药忙。
五进士名难考核，
只闻陆氏说程乡。

五进士坟，在新溪东北五里。闻之陆氏云，系程乡公墓，其四人俱未明晰。按陆镍，前明官广东程乡知县。

五进士坟

在明弘治年间（1488—1505），旧带（埭）市集东二里，今新埭镇同心村西坟浜有座名赫一时的古墓葬群，占地35亩（一说60亩）。昔时，该墓多达40余穴，56穴为一墓葬，排列整齐，墓前后植有古柏青松，墓前有翁仲、石马、石龟等古文化景点，四周河水环绕，碧波荡漾，雄伟壮观，世称五进士坟，每届端午佳节，游客络绎不绝。这是一个有研究价值的距今已有五百多年历史的古墓葬。

这么庞大的墓群建筑，莫不与他们上代族中出了个有名大人物有关。原来该墓系陆氏门第中陆通（齐宣王少子）四十世孙，唐建中元年（780）德宗帝陛下任宰相的陆贽（唐有传）是其后裔所建。五进士坟可谓来历不凡。

陆贽十八岁中进士，官至唐宰相。754年前，居苏州辖区，今嘉兴市人（南湖纪念馆展有传记），他逝后葬于忠南屏山，后迁苏州齐山外欣字圩。墓占地面积48亩，后存4.71亩，列入省市级文物保护单位。

陆贽去世后，其夫人担起培育独生子陆简礼的重任。唐元和十二年（817），简礼（字立庭，号尚质）丁酉科进士，官至通议大夫监国玺兵部尚书，他主张儿孙辈刻苦读书走仕途之路。他的十世孙陆逢休，名旋吉（灵溪人，今新埭镇南巷），官为吏部尚书，南宋后迁武原，后迁广陈镇定居。陆闳、澪、喜、英、逊、杭居新埭南阳村。陆士贤、陆宗秀、陆珪、陆溥等"三鱼堂"陆氏门第都是宰相陆贽的子孙后代。

五进士古坟墓从明弘治到清光绪，历经五百多年的战祸沧桑，毁——建——再毁——再建，直至光绪十九年（1893）无人管理，墓群四周已杂草丛生，成为民间挖瘀药根的荒凉坟墓。

坟内只一名进士"陆氏"在程乡，五名进士姓甚名谁难以查考。为解开五百多年五进士坟墓内究竟有几个进士之谜，查阅《天启县志》及有关文献为依据，剖解了这个历史之谜。"程乡"原是广东省，地处山海环绕之间，是地势十分险要的一个县城，名程乡县。"陆氏"是指在明成化十五年（1479）考中二甲一等进士，在该县历任十九年知县的陆鏚。

陆鏚生于明正统六年（1441），卒于弘治十一年（1498），享年五十八岁，是唐代宰相陆贽的二十世孙。陆曾祖父陆士贤系元代贡生，祖父陆宗秀系明仁宗帝赐授徵士郎的名乡贤，父亲陆珪帝授予迪功郎。明宣德五年（1430），他在平湖独资建造儒学大成殿，一生注重教育事业，兴办学堂，后升散官。陆珪生四子，长子陆锔，次子陆镒和幼子陆镜生于明正统三年（1438），是一对双胞胎。陆镜在明成化七年（1471）中举人（孝廉），官至陈留县七品知县。陆镒监终身不仕，最小的四子陆鋉中进士，一门内中一进士、一孝廉在当时可谓威震一时了。传说中，陆氏一门五子登科实为误传，并无此事。

陆在明成化十五年己亥科（1479）中进士，后即离故里去广东程乡任知县，不久他慈母也迁居程乡，开始他七品县官为民办事的生涯。

程乡县三面环海，一面靠山，环境险要，匪盗甚多，为非作歹，百姓怨声载道，难以安居乐业，民不聊生，渴望官府能派官员前往剿匪除害，时陆鋉才三十八岁，风华正茂。上任后，立志为民除害，维护社会安定。他不畏强暴，不计安危，常昼夜不息，乔装私下明察暗访，体察民情，摸清盗贼出没地带。掌握匪盗人数、动向实情后，专事操练义勇，依靠当地群众，深入海域乡村剿灭盗匪。他采取"威畏慕化，相约无犯"等有效良策，十多年中共斩捕盗贼千百人，深受百姓拥戴。

陆重视维护地方人民利益，明察秋毫，重视司法、公安等有关策略，调取衙内档案目录，亲自抄存备用；关心群众诉讼，案立速办，关注错案、冤案，为民平冤狱、申冤理枉。有人以金银贿赂陆，都被一一谢绝、拒之门外，他的廉洁自律令百姓拍手称好。

陆潜心务政，忠孝难以两全，其母年老病危，他达旦尽孝于母寝前服侍。陆生怕影响政务，护送母归故里（今新埭），途中百姓泣攀辕达数千人，劝其挽留在程乡调养，陆执意不从。出境后，行至常山，其慈母死于途中，当时陆鋉身为县官身边竟无钱料理后事，途中幸遇徐文育为其母棺殓。

陆鋉为官清廉，程乡县在任十九年政绩不凡，明弘治十年（1497），因年事已高，辞官回故里时，程乡人哭着挽

215

留，陆不允。后百姓因他为官清正廉明，两袖清风并惮贼有功，曾在程乡设祠祀之。弘治十一年（1498），陆在故里（今新堸）病故，享年五十八岁，墓葬于今新堸镇斜河村西坟浜五进士坟中，县志载："陆'为程乡名宦'崇祀乡贤词。陆之长兄陆锅生于宣统八年（1433）七品散官，卒于明正德六年（1511）享年79岁，兄比弟陆多活21年，迟离世13年。"

五进士坟中除陆外，其他四名进士是谁，查文献考核，都是陆之后裔子孙。

陆淞，字文东，号东滨，生于明成化二年（1466），明弘治二年（1489）乡试第一，三年（1490）中庚戌科进士，官至礼部主事赠刑部尚书，卒于1524年，系陆之长子。

陆杰，字元望，生于明弘治元年（1488），明正德九年（1514）中甲戌科进士，官至工部右侍郎、兵部主持、员外郎中、湖广参议、陕西副使、榆林寇警卫，是陆淞的长子陆鋹的长孙。

陆杲，字元晋，嘉靖二十年（1541）年辛丑科进士，官至刑部主事，生卒年无考，是陆淞的幼子，陆鋹的次孙。

陆梦韩，生于正德元年（1506），嘉靖三十五年（1556）丙辰科中进士，官至广东安察金事、司金事等职，是陆次子陆淳之子，陆的儿孙，卒于万历五年（1577）。

以上祖孙三代五名进士先后葬入五进士墓中，时间间隔五十九年，按照明代宗法世俗伦理，祖孙三代兄弟叔嫂、宗室配偶同葬一坟墓是在情理中。据《天启县志》载陆氏门第御赐为"世科""世尚书""三代名乡""三代名贤"，印证了五进士同坟共葬的可能。曾五进士墓虽久废荒凉，杂草丛生，但棺木墓穴五百多年来一直保持完好，国家明令私盗坟墓是犯罪行为，没有人胆敢去私盗。

俗话说"玉在璞中人未知，剖出方知其中情"，可是在特殊环境中有特殊巧合。

1958年有人借"大跃进"之名行盗墓之实。当地农民反映，农村大办集体大食堂，所有柴草烧尽，燃料紧缺，在深更半夜，曾多次去五进士坟用大斧取棺木作柴烧。因外穴如坚石，屡凿未成，后经一石匠献策，用炸药爆破，发现墓穴用糯米粥配制石灰浆混合物砌成石厢，层层相套，坚不可破，几经爆炸，才显露朱红漆棺木。破盖开棺，倒出尸体，均未烂，成木乃伊，棺中男女老幼都有。其中两具身穿袍服，头戴纱帽，腰佩玉带，脚穿底靴，留着花白长须的长者；一具是头戴方巾，身背宝剑的书生，也有穿着朴素礼服的夫人，还有不少书籍和陶瓷器皿，虽很少有金银翠玉等贵重饰品，但明代入棺的物品都属文物一类，可见陆氏家族为官之清廉。程乡人立祠纪念他，而本乡人在千方百计毁掉它，无人管教，实为遗憾。因此，时过八年，1966年，又有人在另几处墓穴中翻尸盗骨，把陆氏五进士"世尚书""三代名乡"之坟墓破坏得面目全非，幸好墓穴皆存。近年为平整土地用拖拉机将所存墓穴推平，发现女尸木乃伊一具，石刻墓碑两块，碑石现保存在市博物馆。

（八十六）

锦衣昔日美荣归，
争说当湖陆指挥。
剩有墓门翁仲在，
杜鹃声里立斜晖。

明锦衣都指挥陆炳墓，在戈家溪北，俗称指挥坟。

指挥坟

位于新埭镇正南溪洋村新开河南岸的牌楼浜，西有溪洋港。指挥坟是明代嘉靖年间锦衣卫陆炳（1510—1560）衣冠冢。

陆炳幼小随母进宫，官至指挥使左都督。明嘉靖三十九年（1560）在职而亡，谥武惠，赠忠诚伯，墓葬北京朝阳门外三里屯。隆庆初年（1567），皇帝听信御史张守约之言，追论陆炳贪赃罪，下诏削去封号，没收财产，并毁其坟墓，五牛分尸。万历三年（1575），在首辅大臣张居正的力举下，朝廷念其救驾有功，以非谋反叛逆奸党之罪，不能没收财产的律制，赦免其罪，恢复谥号，并在陆炳祖坟旁重建坟墓（陆氏家谱记有祖坟之意，后人误为陆炳祖墓）。因时隔十五年，尸骨无存，只能以其衣冠而葬，即成陆炳衣冠坟。

墓占地约一亩，呈椭圆形，墓前建有墓道，两边立有文武石人、石马及石象等；左边为祠堂，内有陆炳祖先及其后人的灵牌；右前方原有人称江南第一的石牌楼。从明代到民国期间，墓穴保存完好。另外，还有两座石牌坊，均为陆炳等人设立。清光绪《平湖县志》有载："文武勋贤坊，为都督陆炳、太常寺少卿陆炜立，佑圣宫东，久。"又"柱国坊，为都督陆松、忠诚伯、谥武惠陆炳立，案山前，久圮"。

新中国成立后，当地农田改造，兴修水利，在陆炳墓上取土兴建灌溉渠道，墓穴被毁（当时，墓内没有发现任何东西，证实此处确为衣冠墓）。后来，祠堂也被拆毁。1966 年 4 月，在"大四清"运动时期（"文革"开始前期），石牌楼也被拆去建造新开河石桥；1968 年，新埭中学一批学生来到指挥坟，敲掉了墓道两边石人、石马的头颅，把敲下的头颅砸碎或扔在墓前小河浜里。1987 年 12 月，修筑平兴公路土路基，刚好经过陆炳墓穴。如今只存下墓穴前残缺的石人、石马和石象立于原处，周围是竹园，杂草丛生，非常荒凉。

皇帝吃朝天奶

溪洋村牌楼浜的指挥坟是陆炳之墓，当地称陆指挥坟，建于明代。陆炳出生于当地，掌管锦衣卫，官太子太保等。

据当地人传说，陆炳的出生时间与当时的小皇帝相差不远。小皇帝贵为天子，出生时非常奇怪，不肯吃奶，啼哭不停，说是要吃朝天奶。对此老皇帝特别着急，下旨在全国范围内寻找。

一日，奉旨找奶的差官经过溪洋港，碰见一位穿戴破烂的年轻妇女正在摇摆渡，以为双乳甩在肩上就是朝天奶。于是，令陆炳母亲进宫为小皇帝喂奶，因陆炳尚小，还未断奶，便随母一起进宫。

所以,陆炳在宫内与小皇帝一起吃奶,一起玩耍,一起长大,两人像亲兄弟一样,关系特别好。

后来,老皇帝过世,小皇帝就正了位,陆炳就被封为皇帝的贴身侍卫,即锦衣卫指挥。

指挥坟

（八十七）

何处青山葬使君，
垂杨夹溇绿团云。
子规啼出清明雨，
点点杨花糁沈坟。

西平知县沈棻墓，在杨树溇。棻字子佩，治声为中州第一，西平士民建祠北郊祀之。

沈棻墓

沈棻墓位于南阳村杨树溇，东有竖头浜，南即窑滩、凤凰基，西有沿船河、石屑港，北靠杨树溇。

清光绪《平湖县志》载："西平知县沈棻墓在杨树溇。长洲宋德宜《沈藕庵墓铭》：苕水汤汤，至于石庄。其源则宏，其流则长，实生我公。英颖秀慧。矧兹淑人，乃作元配，出简良牧。局于下位。太史调墨，勋书厥职，天鉴孔昭。将大其泽。何以卜之，有铭在石。其子副贡生沈季友墓在普济桥东。"

沈棻墓面积约有一亩，墓上树木葱郁，杂草丛生。1956年被毁，但留有部分墓基。后来，因受民间香火而搭建简易庙宇，现在还有遗迹。

沈荣

《平湖县志·彭志》载：

字子佩，号藕庵。顺治己未（1655）进士，授河南西平县知县。初下车，灌莽蔽天，巷无居民，仓廪多积逋。荣设法招流亡，给牛种，谕以岁丰取偿，免其息。民襁负至，垦荒地数百顷。又许以布粟代税，即束麻担草，亦琐细不惮烦……甲辰，飞蝗遍野，独不入西平境，治声为中州第一。时开府婪恶，荣强项，不为屈，羁俸十余年，卒于官，年四十七。西平士民建祠北郊祀之。著有《柏亭稿》《藕庵尺牍》《诗体明辨》《文体明辨》《西平县志》。

（八十八）

葱葱郁郁望佳城，
户部坟头夕照明。
一卷横云遗稿在，
山人赢得旧诗名。

户部尚书华亭王鸿绪墓，在新溪东北二里南巷。鸿绪字季友，官户部尚书，别号"横云山人"。

王鸿绪墓

王鸿绪墓俗称王家坟，位于新埭集镇东北泖口村，建于清雍正元年（1723），占地面积约两亩。由张伯行撰写《皇清诰授光禄大夫经筵讲官户部尚书加七级王公绪墓志铭》。

清光绪《平湖县志》有载："户部尚书华亭王鸿绪赐墓，在新带东北二里南巷。雍正癸卯谕祭。鸿绪，字季友，康熙癸丑进士，官至户部尚书，著有《横云山人集》。查慎行《大司农王公挽诗》：'门生门下士，时世溯渊源。别有酬恩泪，深蒙知己言。佳城瞻望近，画像典刑存。酹酒陈词意，还应彻九原。'"

新中国成立初期，王鸿绪墓保存较好。20世纪50年代中期，墓被盗，当时，墓穴打开，发现两具很大棺材，内有两具尚未腐化的尸体，一男一女。男尸着一品官服，头戴官帽，佩挂朝珠，配有宝剑；女尸身着霞帔，头戴凤冠。两具棺内都有一些贵重的金银首饰和陪葬品，女尸头上的凤冠被人带回家给小孩玩耍，凤冠上有很多珠子，大家都认为没用，被小孩换糖卖掉。现王鸿绪墓已被推平成为粮田。

王鸿绪

王鸿绪像

王鸿绪（1645—1723），初名王度心，字季友，号俨斋，别号横云山人，江苏华亭金山（今上海金山区）人，王广心（墓在南陆，金山地带）之子。清康熙十二年（1673）进士、榜眼，初授翰林院编修。康熙二十年（1681）加升侍读学士，翌年任《明史》编纂总裁官，并主修列传。不久又升任内阁学士兼礼部侍郎、左都御史等职。康熙三十年（1691），被御史郭琇弹劾而罢官。康熙三十三年（1694），因大学士王熙、张玉书的推荐，王鸿绪被重新起用，再度任《明史》编修总裁，与平民万斯同一起编纂《明史》。康熙四十一年（1702），万斯同突然死于王鸿绪寓所，而《明史》初稿也完成编纂。其间，王鸿绪又升任工部尚书，充经筵讲官，调户部尚书兼任《大清会典》副总裁。同时，王鸿绪经营官商，谋取暴利，于康熙四十八年（1709）被人上奏弹劾，免职回籍。临走时，私自带走《明史》初稿，在家里专心编修《明史稿》，于康熙六十一年（1722）冬完成了《明史稿》三百一十卷。雍正元年（1723）进呈，于六月十七日刊印《明史稿》。同年八月十五日，王鸿绪卒于京邸，终年七十九岁。

王鸿绪才学深博，尤长于史，精鉴赏，喜藏书，收字画。诗学杜甫，为徐乾学门生，著有《横云山人集》《赐金园文集》等。邓之诚称其诗"不脱云间之习，以藻绩胜"（《清诗纪事初稿》）。王鸿绪又善书法，书仿米芾而失其秀润之气，学董其昌腴润有致，但不免弱。生平事迹主要见《清史稿》卷二七一、《清史列传》卷一等。

（八十九）

梅花树树吐清芬，

环绕西溪孝子坟。

犹有二张题石在，

拨开香雪读碑文。

孝子张世昌墓，在小西溪。世昌与弟世仁，分昭穆葬，绕茔植梅。无锡顾光旭题石曰：二张先生之墓。

张世昌墓

张世昌墓也称孝子张世昌（字振西，清监生，张永年子，精通围棋和医术）墓，俗称新坟或张家坟，是与其弟张世仁（字元若，号香谷，工诗善书，尤精于弈，兼通医理，著有《香谷诗抄》《弈谱》）共同的坟墓。位于新埭镇星光村4组陶家村，东靠小圩，南有新坟河，西现为独新公路，北与青阳汇相距较近。

清光绪《平湖县志》有载："孝子张世昌墓在小西溪巾圩。与弟世仁分昭穆葬，绕茔植梅，甘肃甘凉道、署四川按察使司、无锡顾光旭题石曰：二张先生之墓。"

张世昌墓面积约五亩，左右和前方是建墓时取土挖成的池塘。墓基较高，坟前有石牌楼，墓碑和扦插招魂幡的旗杆石。清户部尚书沈初题柱联曰："十载对床风雨寒灯酬唱影，千秋同穴梅花明月去来缘。"新中国成立前期，此墓保存完好。20世纪50年代后，随着建设的需要，石牌楼和坟墓上所有文物被毁，只剩下一块墓地。70年代，为了填浜造田，坟墓被夷为平地，现只有墓前的池塘。

（九十）

南曹古塚白杨堤，
残月苍凉乌夜啼。
燐火数星飞不定，
荧荧时见陇东西。

南曹古塚中，夜有燐火自西而东。有顷，复自东而西，入塚而没。虽烈风猛雨不灭，相传此火历年已久。

南曹古塚

南曹古塚，即南曹老坟，位于白杨堤。每到夏日有月亮的晚上，经常出现星星点点的磷火飘忽不定，微弱的光芒闪烁在墓东和墓西。

（九十一）

张旺坟荒草不黏，
一抔黄土拥峰尖。
英雄割据都空幻，
考核何须名字拈。

张旺坟，在马家桥北，或云坟系张士诚弟。士诚自立为
吴王，弟死葬此，土人因呼为张王坟。

张旺坟

张旺坟位于新华村 12 组，东有小浜、战斗河，西北两面
有张坟港，南有横港。张旺坟建于元朝末年（1368）。张旺是
张士诚之弟。时处战乱，张士诚盘踞苏州，自立为王，并经
常与周边势力相互摩擦。元朝末年，张旺随兄与来犯之敌台
州王方国正在今新埭一带发生战争，非常惨烈，双方兵士死
伤较多，张旺也是其中之一。战争结束后，由于死难士兵太
多，无法运回苏州，张士诚即命部队就地建筑坟墓，葬弟张
旺及死难兵士于此。

张旺坟规模较大，占地面积 10 亩多，呈半圆状。中间北
端为张旺墓葬，前方左右两行为士兵墓葬，中间为走道和祭
坛，西边建有两层三门石牌楼一座，无顶，雕有花鸟等。

新中国成立初期，张旺坟还在，虽经几百年的风雨，仍

有 8 米之高。奇怪的是，张旺坟上不长树木，只有荒草皮。1968 年，生产队靠人力移平张旺坟，并拆毁石牌楼。挖开坟墓，发现一条用砖块砌成的阴沟通向墓内，棺木已腐烂，墓内有块长 40 厘米、宽 25 厘米的石块，上面用朱粉写有"张旺"二字。1972 年，张旺坟全部被夷平，成为粮田。

张旺坟的传说

新华村原来有个张旺坟，面积有十多亩，坟墩最高处有十多米。

传说，张旺坟原是一块凤凰宝地，原先风水极好，预言要出人才，直接威胁皇帝统治。明朝军师刘伯温识破此地后，为了稳定明朝江山，想方设法破其风水。后来，张士诚之弟在当地剿匪阵亡，就于此地（凤凰地颈部）建坟安葬，再在凤凰地的尾部建上马家坟，坟前一小浜名唤"坟浜"。就这样，风水完全被破。从此，此处不再出人才。

凤凰地风水虽然被破，风水仍然很独特。老人们常说到此地有一只金鸡，三年鸣叫一次，时间是八月半夜里，啼上三声，如果有人听到，该人就是星宿，要做大官。但是，直到现在也没有一个人听见，所以，该地也没有出过一个大官。

（九十二）

北邙义塚暮鸦飞，

积谷仓基认已非。

掩骼全凭贤令尹，

白杨衰草有魂归。

积谷仓址，在西庵西。光绪初，彭邑尊润章改公葬地。

积谷仓址

积谷仓址即仓基白场，位于新埭集镇的西端，今新埭中学处。

仓基的意思是粮仓的地基，或者说是粮仓的遗址。那么，新埭何时建造起粮仓？明天启《平湖县志》记载："常平仓（明）万历二十四年（1596）守道议建四所，每所基四亩，一在徐婆桥、一在广城（陈）镇、一在新带（埭）镇、一在乍浦城。"

常平仓类似于现在的国家储备粮仓库，在西周开始便已建立，后来各个封建王朝均仿效此体制，在各地设置常平仓。其作用为调剂丰年与灾年粮价，避免"谷贱伤农"和"谷贵伤民"，以确保粮食安全。

新埭常平仓是由明万历平湖知县黄焰建造，地址在新埭城隍庙西原陈家老宅。

平湖县明代建立常平仓，清代继续沿袭。光绪《平湖县志》记载："常平仓积储，顺治十一年（1654），诏各府州县积储备荒，责成道员稽查旧积料理，新储每年二次造册报部。"说明清王朝在立国之初，就十分重视粮食的储备，有道员（道台）专门负责，并将新储藏的粮食每年两次上报户部。此县志又记载："乾隆三年（1738），总督嵇曾筠奉旨定议，分储买补留漕拾万石，于杭嘉湖三府易谷存储……通计实存谷陆万肆百陆拾壹石陆斗壹升肆合……兵燹后，荡然无存。"

当时杭嘉湖三个府，各处常平仓所储粮食比较充足。也就在这个时期，新埭镇在原规模的基础上进一步发展，使之更具江南集镇风格。

清乾隆二十五年（1760），巡按杨廷璋奏准，新埭生员陈锡祚兄弟捐出宅基地三亩五分六厘六毫（原常平仓旧址），由平湖知县李纳璧在新埭建造社仓四间，恢复了新埭西市。

清咸丰、同治年间，由于太平天国农民运动，战乱一起，粮食荡然无存。新埭常平仓与陈家老宅一并被毁，陈家迁址于城隍庙东侧、寿带桥西侧。常平仓被毁后，留下一片废墟，被当地民众称为仓基白场。

清光绪年，平湖知县彭润章看到一片荒芜的仓基白场，便将该地改为公葬地，以掩埋战乱、灾荒致死的无主骸骨，也算是让这块地派上一点用场。

民国时期，有人在该地块西侧建造了寄材厂（寄存灵柩的场所），有两排平房。

新中国刚刚成立时，为巩固新生的人民政权，在全国范围内开展"剿匪反霸""镇压反革命"运动，一些土匪、特务、恶霸被判处死刑，仓基白场成为枪毙反动分子的刑场。

20世纪50年代，新埭古镇基本保持晚清原貌，东起青阳汇，西至仓基白场（社仓毁后留下的场地），南起二老爷庙，北至北太平桥。

1956年，新埭镇利用古镇西端的仓基白场建造新埭中学，占地面积5207平方米，恢复了清代新埭古镇西市。

积谷仓址

（九十三）

黄土荒凉黄叶堆，
法霦石塔已倾颓。
塔铭试问何人作，
庄简当年涤笔来。

僧法霦葬处，在圆珠圩北。举人陆光宅为建石塔，陆庄简撰塔铭，今圮。

法霦

法霦（音 bin）：《平湖县志·程志》：一作法灵，号东池，俗姓王氏，世为盐官富室，十二岁出家。初住福业院，晚居福源寺。于万历丁丑年（1577）圆寂。曾于杭州昭庆寺受戒，后驻锡于会稽、四明、天台等地。晚年为福源寺住持。

陆庄简

陆庄简即陆光祖（1521—1597），字与绳，浙江平湖人，因志在佛法，自号五台居士。明嘉靖二十六年（1547）成进士后，除知县，累迁至吏部尚书（掌全国官吏的任免、升降、调动等事务）。

陆光祖为政胸怀忠直，力持清议，凡相处或闻其人者，

"翕然归之"，但也因此招当路人所忌恨、排击，多次请退家居。家居期间，则究心佛乘，发宏愿护教，不以毁誉而易心。尝发起募捐、组织刊刻宋僧普济的《五灯会元》。募刻之初，陆光祖作有一文叙述了刊刻本书的原因，并介绍了佛教传入东土以来的发展演变。文笔之精炼，非深入佛乘者所能。其父曰："夫佛道东流，至晋宋齐梁之间，学佛者竟以名理禅观相高，莫究本心妙明之体。自达摩大士来至此方，始唱直指人心，见性成佛。传至六祖能公，斯宗大振。厥后五宗并立（指五家禅：沩仰宗、曹洞宗、法眼宗、临济宗、云门宗），门风峻甚。圆机密义，不可以随言而解。用智而求，至于扬眉瞬目，或喝或棒，所以阐呈真体，愈出愈奇。有省者如痛处吃拳，不会者如聋人闻鼓。而肤识之士，乃或病其难通，訾其诡异，盖由钝根之无入，则谓圣言之有隐，大抵然也。"

然而自唐朝开元年间以来，宗教大明，上下数百年内，见性知心，超凡入圣者千有余人，盛况空前。圣人虽往，而糟粕徒存，"求道之人能因言筌而穷理窟"，"则此土此书不可不日无矣。"陆光祖在本文中还说明了"儒门淡泊"和"释教流通"的原因，并且还举出了宋明理学家们晚年对佛教做出的比较中肯的评价，说明了指斥佛老为异端，并非是理学家们的定论。这里也表现了光祖自己欲汇通儒佛的思想。

陆光祖一生功德无量，除募刻上书外，又请求诸宰官居士合力重兴明州（今浙江宁波）育王塔殿；还与冯开元等居士共同发起募刻小本藏经，流行于世间。晚年时，与著名僧人紫柏真可相从游，于佛乘研究更加着力，己而修习念佛二昧，即使病卧床中，仍口诵真言，手执印相，始终不懈。临死前，紫柏老人来看望，叹其心力坚猛，为其说偈。死后朝廷谥号"庄简"。

陆光祖有儿子伯贞,能绍他的父学,也崇信释氏。曾题有《紫柏老人像赞》,叙述了父亲一生的护法及其和紫柏大师交游的经历。

陆光祖在历史上有极佳的评价。《罪惟录》言:"掌铨不图报复,世以为难,乃益用推引提护,岂非有得于好恶恶知美之旨者乎?"《本朝分省人物考》也说:"私居无戏言,无遽色,平生怜才仕事,任嫌任怨,凛然有古大师风节焉。"

（九十四）

插田已毕未曾休，
勤苦应呼大脚牛。
青笠绿蓑新雨后，
纷纷负耒到西头。

泖湖乡农插田毕，往嘉邑各乡佣工，一蓑一笠，负耒群行，俗称大脚牛。

蓑衣

中国古人最早使用且使用范围最广的原始雨衣叫"袯襫"（bó shì），就是后来通称的"蓑衣"，出现于先秦时期。《国语·齐语》"管仲对桓公以霸术"条里已提道："脱衣就功，首戴茅蒲，身衣袯襫，沾体涂足，暴其发肤，尽其四肢之敏，以从事于田野。"这是齐国农民遇雨天做农活时的装束，从管仲所述来看，袯襫的防雨效果似乎不太理想，农民虽然身着袯襫，但身体还是被雨水打湿了。三国时吴国学者韦昭释之为"蓑襞衣也"，清郝懿行《证俗文》说得更具体："案袯襫，农家以御雨，即今蓑衣。"

蓑衣用料主要是就地取材。中国南方多用稻草、蓑草，也有用棕毛、棕叶者；北方多用茅草即龙须草，也有用蒲草者。纯手工制作一件蓑衣要两三天。蓑衣与伞盖一类雨具相比，不仅避雨效果好，而且空出的两只手可以干活。不只是农民雨天喜欢穿，渔夫雨雪天垂钓时也常披之。晚唐诗人郑谷《雪中偶题》写道："江上晚来堪画处，渔人披得一蓑归。"唐农学家、诗人陆龟蒙《奉和袭美添渔具五篇·蓑衣》诗称："山前度微雨，不废小涧渔。上有青襏襫，下有新脂疏……"不少古画中，蓑衣都是钓鱼爱好者的必置装备。

明清时，雨季出行人们大多都带蓑衣。明·徐光启《农政全书》中记载了当时一条流行谚语："上风皇，下风隘，无蓑衣，莫出外。"头戴斗笠、身披蓑衣在风雨中劳作的情景，一直延续到 20 世纪 60 年代后期。此后，现代化防雨的雨布、雨衣、雨披等的生产使用逐渐取代了蓑衣这种古老的防雨用具。蓑衣已较少用作雨具，转而成为旅游纪念品和室内装饰品。蓑衣有着特有的文化内涵，尽管造型简洁，但赋予的造型以人物外观相对应的形象，蓑衣和斗笠合并使用，立于田间可以驱赶破坏农作物的鸟兽；挂于墙上，可以镇邪驱魔；用蓑衣包裹木炭，放置在井底下，除了能杀菌过滤外，还能镇住"邪气"。在客家，倘若谁家造新房子，到"上梁"时，正厅中间的"正梁"定会用蓑衣包裹。客家人认为用蓑衣包裹"正梁"，家运定会龙跃腾达。此种情形，蓑衣就不仅用以遮风避雨，而是作为一种仪式存在。

蓑衣在一些古装电影里引申出了大侠的意象，似乎成了大侠的一种道具或者伪装。在水汽氤氲、烟雨朦胧的竹林里，大侠穿着蓑衣匆忙赶路，偶尔使用一下技艺高超的轻功，便能看见蓑衣在天上飞。天明明不下雨，一个穿着蓑衣的普通人，其实是武功高超的大侠。他行走江湖，隐藏自己的身份，用蓑衣把自己装扮成一个渔夫或者干活的人。

箬笠

箬笠是一种传统的中国农民用来遮阳挡雨的帽子，通常由箬草制成。箬草属于一种天然植物纤维，因其强度高、耐磨性好、透气性强，故被广泛用于农民的生产生活中。

在制作箬笠时，第一步是将晾晒处理后的几束箬草捆在一起，然后通过手工编织、打捆，不断加上新的藤条，最终将箬草编织成帽子的形状。而头戴部分则通过不断扎实箬草，使得头戴部分硬度增强，不易变形。

箬草一般分为夏箬和冬箬两种，其中夏箬以其透气性好、吸湿性强、防晒效果佳等特点，在夏天的时候被用作制作箬笠的材料。而冬箬则比夏箬的抗寒性更强，被广泛用于制作箬席和箬筐等物品。

箬笠最早起源于中国古代的农民文化，在古代的文献中就有记载。箬笠的出现，不仅为农民们带来了一种实用的神器，也成了农民们的标志之一。

随着时代的变迁，箬笠的形制也发生了较大的改变。比如，箬笠的边缘被加宽，以增强遮阳、挡雨的效果；顶部被加高，以增加空间容量。同时，一些特定地区也会在箬笠上添加装饰，如染色、绘画等。

在现代，箬笠的使用范围不再局限于农村地区，它也成了一种流行的时尚单品。尤其是在夏天，箬笠能为人们的头部提供清凉舒适的遮阳效果，深受都市中年轻人们喜爱。

总的来说，箬笠不仅仅是一种具有实用意义的物品，更是中国传统文化的一部分。它流传至今，不仅代表了人们对自然的敬畏，也反映了中国农村的特有文化，是中国传统文化中一道独特的风景线。

（九十五）

乡村庠水蓄耕牛，
荷叶车旋水倒流。
细雨一犁人叱犊，
水车棚里望潮头。

乡农户蓄耕牛，牵车庠水。车之矮者名荷叶车，安车之所，名水车棚，旱年水涸，庠水须趁潮来。

老牛拉水车

农村还没有出现机器抽水机时，稻田灌溉用水主要靠人力脚踏的水车、风车转动的水车。但主要还是靠牛拉动的龙骨大水车，因为它的工效大，不知要胜过人力车多少倍。

泖河地区水系发达，大河套小河，小河套小浜，水资源十分丰富，这给水利灌溉带来了极大的方便。就像这种用牛拉的龙骨水车很普遍很常见，是一种便捷的灌溉工具。它的车身斜置在浜底的河里，其结构是以木板为槽，尾部浸入河里；另一端有小轮轴，固定于岸上的木架上。水车的转动装置是个大大的水平木制齿轮转盘，牛拉着齿轮转盘周而复始地绕着中央一根固定的竖轴旋转；通过与之咬合的变向齿轮，带动水车车头的车轴转动，进而带动槽内木板叶周而复始地朝上刮水上行；当槽内刮片上行到最高处水便哗啦啦地跌落到连接稻田水沟里，水再经过水沟最后流向了田野。

牛拉水车抽水时，是需要有专人看管的。看管人将牛牵到木制的大转盘旁边，用右手拍了拍牛的肩胛头，那地方就是要套牛轭头（连接牛身与转盘之间的装置）的。那牛温顺地低着头，眼睛看着地面，呼哧呼哧的，嘴巴在不停地嚼着。看管人拿起了放在转盘上的牛轭头，一转身就精准地套在了牛肩头上，再系上颈绳，再给牛戴上眼罩（据说是为了防止牛走的时候发晕），然后大喊一声"走"。那牛就撒开蹄子，低着头，翘着角，喘着气，一步一步地拉着大转盘绕圈子。

水车大转盘"嘎嘎"地响，大转盘通过转动轴，带动水槽叶片如此这般神奇且周而复始地运动开了。浜底里的清水就源源不断地由下而上流向稻田，去滋润每一棵正在茁壮成长的秧苗。

20世纪60年代中期，农村通电了。大队里造起了抽水机埠，从抽水机埠延伸出来的一条条垄沟（就是水渠）也通到了各个生产小队的稻田里，再后来大队里又造起了农用抽水机船。有了抽水机埠和抽水机船，农田的水利灌溉就起了革命性的变化。这样传统人力的、风力的、牛拉的水车就完成了历史使命，悄然地退出了历史舞台。

（九十六）

秋分稻秀绿垂秆，
碌碡场平似砥铺。
新谷磨砻得双石，
乡村十月竞输租。

泖湖各乡种晚稻者多，十月新谷登场，纷纷输租。一亩所获，丰收得米二石有奇，俗称双石田稻。

水稻种植

新埭传统的粮食作物有水稻、麦类、豆类等。旧社会，由于当地的粮食作物品种差、耕作条件差、技术水平低等，粮食产量普遍较低。

新埭大都以种水稻为主，民国时期的水稻品种与晚清时期基本相同，可分三大类：一是纯单季稻；二是单季早稻；三是单季晚稻。那时的早稻与晚稻不是双季稻，而都是单季稻，只是栽种时间的早晚而已。纯单季稻品种一般有两种：一是香粳稻，又名红莲稻，生长时间长，谷粒瘦长，米色较白，用其煮成的米饭味香带甘，口感软糯，另一种是雪里拣，生长时间也比较长，谷粒宽大，且带有芒刺，产量比香粳稻要高，但是稻苗较软，容易倒伏，成熟时遇大风大雨就会大面积倒伏，造成减产。单季早稻一般有四种：早白稻、紫芒稻、拣选稻、鹊不知。早白稻，又名瓜熟稻，谷粒带有芒刺，米色略显赤色；紫芒稻，谷壳紫色，米色较白；拣选稻，又名黄选，种植较为普遍；鹊不知，又名麻鸟青，成熟较快，为初秋早熟。单季晚稻只有两种，晚白稻，俗称芦花白。另一种是芦籼，即黄龙稻，种植面较广，是新埭农村普遍种植的晚稻品种，稻苗稍硬如芦，不畏水淹，通常于溯田种植；其米粒长而尖，米色赤者，俗称赤斑籼，最粗粝，此米煮成饭后较松散，但味甘气香，深受老百姓的喜爱。

稻子

（九十七）

洄滨妇女助农忙，
东削棉花西采桑。
剥茧缫丝蚕事了，
又劳纤手拔新秧。

洄湖东北境，南巷、洄口等坊，兼种棉花。西南各坊，皆种桑育蚕。四月插秧，农事最忙，率以妇女拔秧。

种桑养蚕

新埭的种桑养蚕起源较早，明天启《平湖县志》记载："……蚕桑是又一大利。"清代光绪《平湖县志》记载："蚕……今则城乡居民无不育此者，其利甚大。"

明清时代，新埭民间就掌握了种桑养蚕、缫丝织布的技术。起初种桑养蚕只是满足自己的需求，后来丝绸作为贵重物品在市场出售获利。

抗日战争前，新埭的种桑养蚕延续了清代的基本风格，桑树面积广，养蚕规模较大，每年养蚕有春秋两季，蚕种有土种、客种、洋种三类。土种是蚕农自己培育的蚕种，抗病力强，但茧小产量低；客种是桐乡等地区的蚕种，茧大产量高，但抗病力弱；洋种也是外地蚕种，茧小而硬，蚕丝粗，不易拉断。旧时，新埭民间栽种的桑树密度高，每亩桑地种植 1500 棵，桑苗产自桐乡、上虞等地，当地蚕农摇船前往购买桑苗，也有外地运到当地销售桑苗。

新中国成立初期，新埭地区的蚕桑生产虽然发展并不快，但新埭、秀溪仍为全县蚕桑分布较多的地区。1958 年，原先农户私桑归集体所有，并每社（大队）分配到 0.5 公斤桑籽培育桑苗。"文革"期间，新埭农村的桑树逐渐被砍伐，养蚕几乎绝迹。1975 年，秀溪公社中林大队率先恢复种桑养蚕；1976 年，大齐塘 5 队和野桥 6 队也开始种植桑树。改革开放之初，农村开始发展多种经营，种桑养蚕在新埭地区铺开，秀溪蚕桑发展较快，被定为全县六个蚕桑主要产区之一。

当时，以生产队或大队集体养蚕，所种植的桑树以粮田为主，大面积种植，这些种桑养蚕的生产队种植桑树一般在十多亩。现代养蚕每年共分春蚕、夏蚕、早秋、中秋、晚秋五季，以春蚕与中秋蚕量为最大。

蚕的品种以季节而定，一般在不同季节饲养不同的蚕种。每年农户预订蚕种，由平湖市农业局到海宁蚕种场统一订购。饲养季节一到，乡镇农科站组织各村到农业局催青室领取蚕种，一般是晚上发种，以防止蚕种见光而早出小蚕。各村领回蚕种后，再由各组组长分发蚕种到户。蚕农们由此开始饲养。首先是"收蚁"，即从领到蚕种开始，放置于暗室内，待第二天收取小蚕。小蚕从开始到成熟要经过"头眠""二眠""出火""大眠"四个阶段。新埭民间养蚕一般有匾养和散养两种，匾养是把蚕养于竹匾里，而散养则是把蚕直接放养于地上或竹帘上。养蚕除了要有桑叶之外，还要有蚕具，如蚕网、蚕匾、蚕架等，蚕成熟后就要"上山"，用"柴龙""万格"等，盛放桑叶的工具称"叶管"，修剪桑枝的刀具称"桑剪"。

经济作物

　　新埭当地除了种桑养蚕外，还种植其他经济作物。当地的经济作物种类较多，主要有油菜、竹子、树木、棉花、花卉、蔬菜、瓜果、食用菌、蚕桑等。旧时代，当地种植经济作物较少。新中国成立以后，逐步增多，特别是 20 世纪 90 年代开始，当地开始大面积种植经济作物，如今，形成了家树苗木、旧埭花卉、三丰果蔬、千岁农庄、水月湾采摘等多个农业基地。

养蚕

售茧

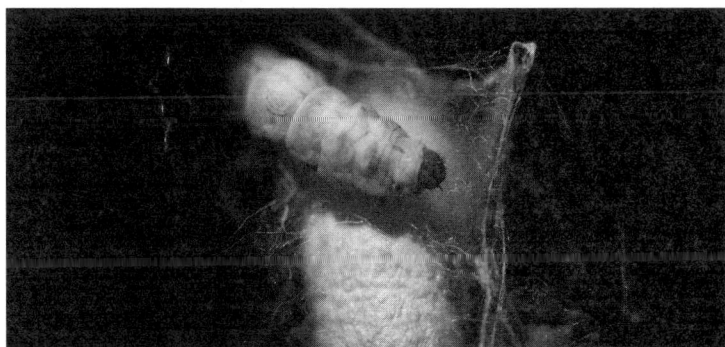

蚕宝宝做茧

超重大南瓜

油菜花

（九十八）

新溪三绝技精良，
翰墨名家各擅长。
佳话至今传艺苑，
吴诗陆字谢文章。

吴诗、陆字、谢文章，嘉道间新溪里谚也。吴楷，字杉客，工诗。陆嗣渊，字笠亭，工楷法。谢九先生忘其名，工文。

按：嘉道为清嘉庆、道光之合称。

新埭"三杰"

扬州有"八怪"，新埭有"三杰"。

"三杰"亦称"三绝"，清嘉庆、道光年间，陆嗣渊、吴楷、谢九被誉为"新溪三绝"，并有谚语广为流传。

陆工书、吴能诗、谢善文，当地人称"吴诗陆字谢文章"，他们三人不仅在艺术上有很高造诣和独到之处，而且在政治上很有气节，不畏强暴，倾向于民。

陆嗣渊，字笠亭，生于清乾隆五十八年（1793），平湖新埭镇人，书法家。清道光三年（1823）进士，官福建顺昌、泰宁、崇安、建宁等知县。陆嗣渊少时聪慧，爱好书法，青年时勤学苦读，博览群书，知识渊博；书法以楷书为主，工法清丽，有美名，曾得文人墨客赏识。陆嗣渊在任职期间为官清廉，颇有政绩。

吴楷，字彬客，新埭镇人，诗人，他熟读《诗经·小雅》。其诗擅长七律，气势雄浑，格调高昂，原有集，已散失。他一生很有造诣，盛名"吴诗"。

谢九，尊名谢九先生，新埭镇人，生卒不详，善古文，其作品能反映社会现实，贴近群众、爱憎分明、观点明确，当时文化人和百姓无不称道，故名"谢文章"。

（九十九）

箕畴五福寿为先，

三寿咸逾绛老年。

合算遐龄丽卅九，

新溪人瑞地行仙。

先君子寿八十一，族兄棣生明经、朱荻村布衣俱寿七十九，合二百三十九岁，时称新溪三寿翁。

箕畴

《书·洪范》之"九畴"。相传"九畴"为箕子所述，故名"箕畴"。箕子为商朝贵族，纣王诸父（伯父、叔父的统称），官太师。曾劝谏纣王，纣王不听其劝，把他囚禁。周武王灭商后被释放。《书·洪范》记述他对答武王的话，系后人伪托。箕畴的出处在宋·张孝祥《水龙吟·望九华山作》词："料天关虎守，箕畴龙负，开神秘、留兹地。"明·王錂《春芜记·庆寿》载："会'箕畴'敛福，轩笑长春。"清·钱谦益《兵部尚书李公神道碑铭》载："皇天何私，荷此百禄，'箕畴'有徵，惟德作福。"

五福

　　五福的说法源自《书经·洪范》："一曰长寿、二曰富贵、三曰康宁、四曰好德、五曰考终命。"是古代中国人民关于幸福观的五条标准。

　　五福中的第一福是"长寿"，命不夭折而且福寿绵长。第二福是"富贵"，钱财富足而且地位尊贵。第三福是"康宁"，身体健康而且心灵安宁。第四福是"好德"，生性仁善而且宽厚宁静。第五福是"善终"，能预先知道自己的死期，安详而且自在地离开人间。由于避讳，东汉·桓谭于《新论·辨惑第十三》中把"考终命"更改，把五福改为"寿、富、贵、安乐、子孙众多"。五福相对于六极，即"凶短折、疾、忧、贫、恶、弱"。

（一百）

河间贞女志坚贞，
家计全凭独力擎。
七十四年如一日，
采风应不愧题旌。

俞乾一女三姑，道光二十八年（戊申·1848）父母没，两兄一弟相继亡，女年三十，矢志不嫁，卒年七十四。

贞女

贞女是指坚守节操的女子。从一而终的贞节妇女。《战国策·秦策五》载："贞女工巧，天下愿以为妃。"《史记·卷八二·田单传》太史公曰："忠臣不事二君，贞女不更二夫。"《文选·王延寿·鲁灵光殿赋》曰："忠臣孝子，烈士贞女，贤愚成败，靡不载叙。"《诗·召南·行露序》："行露，召伯听讼也。衰乱之俗微，贞信之教兴，彊暴之男不能侵凌贞女也。"元朱德润《佩巾》诗："妾闻古贞女，委身期百年；白璧虽重宝，凛焉弗移天。"闻一多《死水·静夜》诗："这古书的纸香一阵阵的袭来；要好的茶杯贞女一般的洁白。"

俞三姑

　　新溪俞家浜居民俞乾的女儿俞三姑是集镇上出了名的贞女。俞三姑的父母于道光二十八年（1848）先后过世。两个哥哥和一个弟弟也相继去世。俞三姑三十岁那年立志发誓终身不嫁，一家人的活全靠她一个人支撑，七十四年如一日，直到去世，实属不易。俞三姑的事迹值得由采诗之官写进歌谣，向上反映，上奏朝廷，予以旌表显扬，教育乡人。